AF532715

Wolfgang Lambrecht

Herr Bombelmann und seine unheimlichen Begegnungen

mit Illustrationen von Dennis Lohausen

Michael Imhof Verlag

Illustrationen: Dennis Lohausen

Wolfgang Lambrecht: Herr Bombelmann und seine unheimlichen Begegnungen; Michael Imhof Verlag, Petersberg 2022

Michael Imhof Verlag GmbH & Co. KG
Stettiner Straße 25 | D-36100 Petersberg
Tel. 0661/2919166-0 | Fax 0661/2919166-9
www.imhof-verlag.de | info@imhof-verlag.de

Gestaltung und Reproduktion: Michael Imhof Verlag
Druck: Grafisches Centrum Cuno, Calbe

Printed in EU

ISBN 978-3-86568-648-0

Inhalt

Die unerforschte Höhle

„Willkommen in der Gegend der geheimnisvollen und teilweise unerforschten Höhlen, Herr Bombelmann“, begrüßte ihn John Letterbox, der Führer bei Höhlenwanderungen war, „ich hoffe, Sie hatten eine gute Reise?“.

Irgendwie hatte Herr Bombelmann das Gefühl, unbedingt in den Urlaub nach Wales fahren zu müssen. Es war wie eine leitende Stimme, wie ein innerer Zwang, den er sich nicht erklären konnte. Dass es vielleicht etwas mit Kristin zu tun haben könnte, die er in Wales bei den Rittern der Tafelrunde kennenlernte und in die er sich verliebt hatte, konnte er sich nicht vorstellen. Sie würde er ohnehin nie wiedersehen.

„Guten Tag, Mister Letterbox“, grüßte er zurück, „auch wenn es recht weit bis hierher ist, so war die Fahrt doch sehr ruhig und entspannend.“

John Letterbox entgegnete voller Stolz: „Und wäre der Weg doppelt so lang, lohnen würde er sich auf jeden Fall! Hier gibt es die schönsten Höhlen der Welt. Ich werde Sie an Stellen führen, die Sie in Ihrem ganzen Leben nicht vergessen werden."
Ohne es jetzt schon wissen zu können, sollte er recht behalten. Denn was Herr Bombelmann bei seinen Höhlenwanderungen erleben würde, das konnte man nicht vergessen – selbst wenn man es gewollt hätte.
Er fügte hinzu: „Wann möchten Sie gerne zu Ihrer ersten Führung durch eine Höhle aufbrechen? Für übermorgen haben wir eine schöne kleine Gruppe zusammen. Wollen Sie schon dabei sein?"
Da musste Herr Bombelmann nicht lange überlegen: „Ja, unglaublich gerne. Am liebsten würde ich morgen schon starten."
„Das", antwortete John Letterbox, „geht leider nicht. Morgen habe ich noch wichtige Termine und muss einige Dinge in der Stadt erledigen. Aber am Dienstag werden wir in aller Frühe aufbrechen. Sie haben übrigens Zimmer Nummer 23, Herr Bombelmann." Mit diesen Worten hielt er einen Schlüssel hin. „Zu Abend können Sie bis 21 Uhr essen, Frühstück wieder ab 4 Uhr 30 am Morgen. Ich wünsche Ihnen einen angenehmen Aufenthalt und viel Spaß."

„Danke, Mister Letterbox“, freute sich Herr Bombelmann, „ich werde nur schnell auspacken und komme sofort zum Essen wieder herunter. Bis gleich.“

Von den tollen und zahlreichen Höhlen in Wales, einem Land in der Nähe Englands, hatte Herr Bombelmann schon viel gelesen. Zum Beispiel von einer, in der es einen richtigen See gab und die weit größer als eine Stadt – nur ohne Häuser halt – sein sollte. Auch davon, dass manche Menschen, die alleine dort hineingegangen waren, sich in den zahlreichen Gängen verirrt hatten, verschwanden und niemals mehr wiedergesehen wurden. Oder von einer Höhle, in der es so eng war, dass beim Betreten bereits gewarnt wurde: „Wer stecken bleibt, der muss abnehmen und Fett verlieren! Das ist der einzige Weg vorwärts.“ Hier wollte Herr Bombelmann aber auf keinen Fall hinein.

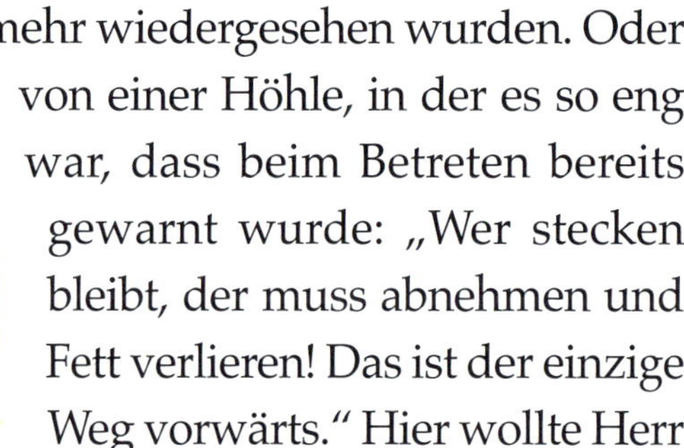

Außerdem soll es Menschen gegeben haben, die in Höhlen stiegen und sich vorher nicht um das Wetter kümmerten. Bei besonders heftigen Regenfällen war es zu Überschwemmung oder gar Überflutung der Höhle gekommen und das Wasser versperrte den Weg zurück. Viele Tage musste in einem solchen Fall bei Nässe und Kälte ausgeharrt werden. Schrecklich! In besonders schlimmen Fällen fand sich auch von diesen Menschen nie wieder eine Spur. Und sei sie noch so klein gewesen… Eine Höhlenwanderung zu unternehmen, setzte jedoch nicht nur Vorsicht und eine gute Vorinformation voraus, sondern auch eine gewisse Ausrüstung. Wichtig waren auf jeden Fall:

ein Helm, denn es konnten Steine herabfallen und der Kopf musste geschützt werden;

das Schuhwerk sollte besonders gute Profilsohlen haben, damit man nicht ausrutschte und sich verletzte, denn der Rücktransport auf einer Trage würde sehr lange dauern und in der Enge und Dunkelheit äußerst schwierig sein;

eine gute, wasserdichte Lampe, weil es stockfinster in einer solchen Höhle war und es durchaus sein konnte, dass man durch Wasser schwimmen musste um voranzukommen – und in einem solchen Fall brauchte man zusätzlich einen wasserdichten Rucksack, damit zum Beispiel der Proviant sich nicht im Wasser auflöste.

Am nächsten Morgen klingelte der Wecker recht früh. Eigentlich war es noch gar nicht Morgen, es war fast mitten in der Nacht. Hätte der Mond nicht einige Strahlen zur Erde geschickt, man hätte die Hand nicht vor den Augen sehen können.

Während sich Herr Bombelmann fertig machte und den Wanderrucksack packte, begann es dennoch bereits zu dämmern. Die Vögel zwitscherten unterschiedliche Melodien und begrüßten einen neuen Tag. Sie wussten zu diesem Zeitpunkt noch nicht, was Herrn Bombelmann erwarten würde …
Alleine brach dieser zu einer Erkundungstour auf, um sich in der Gegend umzuschauen und auf eigene Faust entlegene Winkel auf einsamen Pfaden zu suchen. Sein Kompass würde ihm sicher den Weg zum Hotel zurück weisen, wenn er einmal nicht mehr genau wusste, wo er war.
Die erste halbe Stunde lief er noch neben der Straße, pfiff verschiedene, fröhliche Lieder vor sich hin und genoss die ausgesprochen abwechslungsreiche Landschaft.
Dort ging ein schmaler Pfad nach oben von der Straße ab, zwischen kleinen Sträuchern und feuchtem Gras. Sehr ausgetreten sah er nicht aus, also eher wenig belaufen. Hier wollte Herr Bombelmann von der Straße weg in das hügelige Gebiet wandern.

Teilweise ging es sehr steil bergauf, die dunkle Erde unter den Füßen war angenehm weich und wäre bestimmt recht rutschig gewesen, wenn nicht die guten Wanderschuhe mit dem groben Rillenprofil Halt gegeben hätten. Stück für Stück arbeitete er sich mühsam nach oben.

Der Weg, den er sich ausgesucht hatte, schien immer weniger ein Weg zu sein. Hier war schon lange niemand mehr entlanggekommen, wenn überhaupt schon einmal. Alle, die vorher hier waren, hatten wohl kehrt gemacht und waren zurückgelaufen.

Irgendwann baute sich vor ihm eine Felswand auf – nicht unüberwindbar, aber doch schwierig zu erklimmen. Herr Bombelmann blickte darauf und lächelte. Dies war eine schöne Herausforderung für ihn. Als Junge war er immer einer der Besten und Schnellsten gewesen, wenn es darum ging,

eine Kletterwand zu bewältigen. Von dort oben würde man bestimmt einen guten Blick über das Tal haben.

Vorher allerdings war noch eine kleine Stärkung fällig. Herr Bombelmann suchte sich einen schönen Platz, setzte sich auf einen großen, einladenden Stein, der dort lag, und packte sein Frühstück aus. Vielleicht, so dachte er während des Kauens, sei es besser zurückzugehen, denn wer weiß, ob es da oben irgendwie weiterging. Allerdings wusste er auch, dass er im schlechtesten Fall wieder herunterklettern konnte. Was also sprach dagegen?

Das Frühstück war beendet, die Brotdosen im Rucksack verstaut und Herr Bombelmann schritt auf die Felswand zu. Mit den Händen tastete er den harten, meist glatten und kalten Stein nach Möglichkeiten ab, Halt für seine Finger zu finden und sich mit den Füßen abzudrücken. Sorgsam hangelte er sich Zentimeter um Zentimeter nach oben und genoss es, sicher den Felsen zu erklettern.

Bald war es geschafft und er stand oben. Graue Blumen und dicke, wuchtige Bäume, von denen man meinen konnte, sie seien festbetoniert, begrüßten ihn. Die Grashalme wiegten sich schwer im schwachen

Wind, Vögel zogen lautlos am Himmel. Einige Schritte weiter schimmerte ein See im Morgenlicht, umgeben von zerklüfteten, rauen Felsen. Und irgendwie schimmerte er nicht gerade idyllisch wie man es normalerweise meinen sollte, sondern eher beklemmend, bedrohlich, wie unfreiwillig gefangen in einem Bett aus Stein. Stumm lag das Wasser da, wirkte traurig und hinterließ den Eindruck, schreien zu wollen – trotz seiner Klarheit. Wie es wohl den Fischen erging, die darin lebten? Falls es dort überhaupt welche gab…

Herr Bombelmann ging hinüber und sah auf die glatte Oberfläche, in der sich die steilen, schroffen Felsen spiegelten. Nur an der Seite, von der Herr Bombelmann kam, war das Ufer flach, ansonsten ging es rundherum steil nach oben. Ein unerklärbares Gefühl bohrte sich tief in ihn hinein. Unruhig, aber nicht nervös, unvorsichtig und dennoch ängstlich, abgestoßen und gleichzeitig wie unsichtbar angezogen.

Wo war er hier hingeraten?

In eine Öffnung, die wie der Eingang zu einer Höhle wirkte, ragte der See hinein und strahlte etwas Unheimliches aus. Von diesen Gedanken angetrieben, schritt Herr Bombelmann neugierig darauf zu. Nur auf einem schmalen, leicht erhöhten und vom Wasser im Laufe vieler Jahre glatt gespülten Rand, der knapp über die Oberfläche ragte und direkt an den Felswänden entlangführte, war es möglich, trockenen Fußes hineinzugelangen.

Fasziniert setzte Herr Bombelmann vorsichtig einen Fuß vor den anderen und ging weiter in die Höhle hinein, die von draußen bei Weitem nicht so groß wirkte wie sie war. Zum Glück hatte er seine Taschenlampe dabei, denn je tiefer er ging, desto finsterer wurde es. Die seltsam hohen Töne, mit denen einzelne Tropfen von der Decke ins Wasser herabfielen, schienen sich an den Wänden zu verstärken und klangen fast bedrohlich laut in den Ohren. Und es fielen viele Tropfen herab. Ständig machte es „pling" – „pling". Immer lauter werdend. „PLING" – „PLING".
Urplötzlich erinnerte sich Herr Bombelmann daran, dass man niemals alleine in eine Höhle gehen sollte. Und schon gar nicht, wenn sie so

groß und so dunkel war wie diese. Vermutlich gar völlig unerforscht, denn nirgends konnte er Spuren von vorangegangenen Besuchern entdecken. Möglicherweise lauerten hier viele nur denkbaren Gefahren!

Neugier und Abenteuerlust waren mit einem Mal verflogen und ein mulmiges Gefühl stieg in Herrn Bombelmann auf. Also war Umkehren angesagt.

Doch wie aus dem Nichts begann das Wasser hinter ihm laut zu gluckern. Blasen wälzten sich an der Oberfläche und barsten mit einem lauten Geräusch auseinander. Dabei spritzte es auf den glatt gespülten Fels hinter Herrn Bombelmann und machte den Weg glitschig und rutschig. So, als wäre jemand in der Nähe, sprach Herr Bombelmann mit sich selbst: „Wenn ich nicht bald einen Ausgang finde, werde ich wohl zurück schwimmen müssen. Aber ein paar Schritte versuche ich noch zu machen."

In diesem Moment blubberte es halb neben und halb vor ihm, im schwachen Rand des Scheins der Taschenlampe bewegte sich die Oberfläche gewaltig nach oben. Ob es sich um ein Seeungeheuer aus grauer Vorzeit handelte, das gleich auftauchen würde?

Herr Bombelmann leuchtete mit seiner Lampe direkt auf die brodelnde Stelle. Langsam und gleichmäßig schoben sich die glänzenden Spitzen eines Dreizacks aus dem Wasser, gefolgt von etwas, das an Hässlichkeit kaum zu überbieten war. Die Figur hätte die eines verunstalteten Menschen sein können, die Haare waren grün und sahen aus, als bestünden sie aus Algen und Seetang. Der Bart dagegen war schmutzig dunkelgrau, ebenso wie die Augenbrauen, unter denen glühende, aus dem Kopf stehende Bälle wie Augen in hellstem Hellblau Furcht einflößend funkelten. Die rechte Hand, wenn man sie so bezeichnen konnte, umschlang mit Schwimmhäuten den Stiel des Dreizacks, die linke schnellte nach oben und ein lautes Grollen hallte im nächsten Augenblick von sämtlichen Wänden der Höhle zurück.

„Was wagst du dich in meine Höhle, Eindringling? Wer hat dir erlaubt, meine Ruhe zu stören?"

Es war, als würde das Echo immer lauter und wollte in rasendem Tempo von einer Wand zur anderen springen. Mittlerweile war die Kreatur fast ganz aus dem Wasser aufgetaucht: „Hast du noch nie etwas davon gehört, dass man Wassermänner nicht in ihrer Ruhe stören darf?"

Herr Bombelmann war erschrocken wie noch nie in seinem Leben. Natürlich hatte er schon davon gehört und gelesen, dass niemand die grimmigen Wassermänner stören durfte und es besser war, ihrer unfreundlichen Art und Weise aus dem Weg zu gehen. Aber er hielt es für Märchen und Geschichten und hätte niemals gedacht, dass Wassermänner tatsächlich existierten. Und nun stand vor ihm ein Wesen, das einen unbeschreiblichen Ausdruck von Bedrohung hatte und gefährlich näher kam. Er sagte: „Ich wusste nicht, dass dies deine Höhle ist. Sonst hätte ich selbstverständlich nicht gestört. Ich achte die Ruhezeiten und die Wünsche anderer."

Wieder grollte es, es war, als würde das Wasser in der Höhle steigen und sich an der Stelle auftürmen, an der der Wassermann aufgetaucht war. „Wie bist du überhaupt hierher gekommen? Die Felsen vor meinem Gebiet sind so glatt und steil, dass sie kaum zu überwinden sind!" Und mit einem listigen Blick fügte er hinzu: „Diejenigen, die es dennoch gewagt haben, sind nie wieder zurückgekehrt!"

Das Herz klopfte Herrn Bombelmann rasend schnell, der Hals war zugeschnürt, als würde ein Kloß darin festsitzen: „Als Junge bin ich gerne an Felsen geklettert und so bin ich – also, so habe ich gedacht, also ich bin..."

Nun fuchtelte der Wassermann mit seinem Dreizack herum und hätte Herrn Bombelmann beinahe aufgespießt, wäre dieser nicht zur Seite gesprungen. „Als kleiner hässlicher Junge auf Felsen geklettert! Und da hast du geglaubt, hier könntest du das auch tun, was? Dann war das wohl das letzte Mal, dass du so etwas getan hast!" Die Stimme wurde immer bedrohlicher und der Wassermann stach erneut zu. Das war knapp. Wenige Zentimeter weiter nach links, und die Spitzen hätten mitten im Bauch gesteckt! Das war nun gewiss kein Spaß mehr, der Wassermann wollte Herrn Bombelmann allen Ernstes ans Leder! Eine wahrlich harte Strafe für eine unbeabsichtigte Störung, wie er fand.

Viele Möglichkeiten gab es für Herrn Bombelmann nun nicht mehr. Der Wassermann würde ihn gleich aufgespießt haben und es war vorbei. Keine neuen Abenteuer, keine Erlebnisse. Alles zu Ende.

Herr Bombelmann erinnerte sich schnell daran, dass ein Wassermann immer Kontakt zum Wasser brauchte. Wenn er nun versuchte, schleunigst den Felsen hochzuklettern und sich daran entlang zu hangeln, über die nassen, glitschigen, rutschigen Steine hinweg in Richtung Ausgang, dann könnte das die Lösung sein!

Er ließ die Taschenlampe fallen, mit einem mutigen Sprung an die Felswand konnte Herr Bombelmann mit seiner rechten Hand einen kleinen Vorsprung greifen und sich daran hochziehen. Aber in diesem Moment schnellte der Wassermann nach vorne und erwischte das rechte Hosenbein! „Ratsch“ machte es kurz, die Fetzen hingen herunter. Zum Glück war nur die Hose kaputt, Herr Bombelmann unverletzt.
Er zog die Beine an und hoffte, hoch genug und somit außer Reichweite zu sein. Der Dreizack schoss erneut nach vorne und steckte im Absatz des Schuhs. Am anderen Ende zog und zerrte der Wassermann und Herr Bombelmann merkte, wie seine Kräfte in den Fingern nachließen. Langsam rutschte er ab und lief Gefahr, den Halt zu verlieren.
In diesem Moment aber löste sich der Dreizack aus dem Absatz und der Wassermann klatschte mit einem ohrenbetäubenden Lärm nach hinten ins Wasser. Im nächsten Augenblick jedoch war er schon wieder da und stach erneut mit dem Dreizack zu – allerdings ins Leere.
Herr Bombelmann hatte mittlerweile mit den Händen nachgegriffen und wieder festeren Halt. Er wusste,

wenn er jetzt auch nur den kleinsten Fehler machen würde, wäre er für immer verloren.
„Du wirst mir nicht entkommen!“, schrie der Wassermann voller Zorn. „Das hat noch niemand geschafft! Und du wirst es auch nicht tun! Wer einmal meine Ruhe stört, soll selbst auf ewig ruhen!“
Ein grauenvolles, lautes Lachen, das nicht von Fröhlichkeit bestimmt war, erfüllte die gesamte Höhle.
Herr Bombelmann konzentrierte sich so stark er konnte und nahm alle Kraft zusammen. Den ersten Meter hatte er schon fast geschafft.
Der Wassermann ließ plötzlich von seinen Attacken ab und murmelte: „Wenn ich dich so nicht kriege, dann eben anders!“
Er tauchte ab und war verschwunden.
Zunächst geschah nichts, doch Herr Bombelmann wollte nicht von der Wand herunterkommen. Wer weiß, vielleicht lauerte der gefährliche Wassermann nur darauf und würde dann zustoßen.
Langsam, Zentimeter für Zentimeter, voller Konzentration, damit er nicht abrutschte, kletterte Herr Bombelmann seitlich in die Richtung, aus der er gekommen war. Dabei merkte er nicht, dass das Wasser in der Höhle unaufhörlich stieg, weil es der Wassermann nach oben drückte. Die Sohlen wurden schon nass, bald waren die

Schnürsenkel vom Wasser bedeckt, dann die ganzen Schuhe, sogar die Waden – doch der Ausgang war noch immer nicht zu sehen. Wenn der Wassermann jetzt nach oben kommen und den Dreizack einsetzen würde, dann wäre es vorbei.

Nervös und weniger konzentriert kletterte Herr Bombelmann weiter, rutschte mit seinem linken Bein ab und war damit bis zum Oberschenkel im kühlen Nass. Zum Glück hatte er seine Hände aber fest an einem kleinen Vorsprung, so dass er einen neuen Versuch hatte, das Bein als Stütze aufsetzen zu können. Endlich konnte er in der Dunkelheit einen Punkt an der Felswand ertasten und mit seinen Händen umgreifen.

Jeden Moment, so dachte er, würde der Wassermann auftauchen und ihn holen. Ein schlechtes, beklemmendes und mulmiges Gefühl ergriff Besitz von Herrn Bombelmann – weil er nicht wusste, dass ein Wassermann das Wasser nur steigen zu lassen in der Lage war, solange er selbst auf dem Grund lag und es nach oben drückte.

Die Sekunden fühlten sich an wie Minuten, die Minuten wie Stunden. Das Wasser reichte mittlerweile bis über den Bauch und endlich, endlich war Licht zu sehen. Die Rettung schien recht nah zu sein, aber manchmal waren selbst wenige Zentimeter noch zu viel, das wusste auch Herr Bombelmann.

Wenngleich das Wasser die ganze Zeit unaufhaltsam und gleichmäßig gestiegen war, so ging es nun in unglaublicher Schnelligkeit auf den Normalstand zurück. Doch für ein Aufatmen bestand kein Grund. Der Wassermann katapultierte sich an die Oberfläche und schleuderte seinen Dreizack in Richtung von Herrn Bombelmann, der die Vorsprünge der Wand losließ und auf den glatten Felsrand sprang, den er zuvor gegangen war. Das Wurfgeschoss knallte mit solcher Wucht gegen den harten Stein, dass die Funken flogen.

Herr Bombelmann rannte – oder besser rutschte – auf dem glitschigen Weg so schnell er konnte, was nicht wirklich schnell war, in Richtung Licht. Nur mit Mühe blieb er auf den Felsen und lief Gefahr, gleich ins Wasser zu stürzen. Dann wäre er vollends verloren. Mittlerweile hatte der Wassermann seinen Dreizack wieder mit den Schwimmhäuten umklammert und schoss durch das Wasser auf Herrn Bombelmann zu.

Mit voller Wucht drangen die Spitzen in den Rucksack, in dem zum Glück zwei harte Wasserflaschen lagen und dadurch gestoppt wurden. Schnell wie noch nie löste Herr Bombelmann die Tragegurte und raste voller Angst aus dem Höhleneingang.

Hinter ihm grollte es: „Das hat noch niemand geschafft! Noch niemand!!!“

Mit diesen Worten schickte der Wassermann zornig eine Welle aus der Höhle, wie es sie hier noch nie gegeben hatte. Sie überflutete das ganze Gebiet und erfasste Herrn Bombelmann mit voller Kraft. Er wurde herumgeschleudert, wie ein Spielball ergriffen und weggerissen.

Das Nächste, was er wieder mit all seinen Sinnen erfassen konnte, war, dass er vor dem steilen Felsen lag, an dem er Rast gemacht und den er erklommen hatte. Sein Rücken schmerzte, er war durch und durch nass, die Hose zerrissen und der neue Rucksack für immer verloren. Aber Herr Bombelmann war glücklich, es geschafft zu haben. Denn einem Wassermann zu entkommen, das war noch niemandem gelungen.

Die geführte Höhlenwanderung

„Bleiben Sie immer dicht beieinander und behalten Sie Ihre Nachbarn im Auge“, mahnte John Letterbox, der Höhlenführer, „denn wenn Sie sich von der Gruppe entfernen und sich im Höhlenlabyrinth verlaufen, kann es passieren, dass wir Sie nicht wiederfinden. Sollte jemand von Ihnen Angst in der Höhle bekommen, weil es dort zu eng und sehr dunkel ist, sagen Sie mir Bescheid. Ich bringe Sie dann innerhalb von fünf Minuten nach draußen.“

Nach dem gestrigen Ausflug ins Unbekannte war Herr Bombelmann froh, nun eine geführte und somit bestimmt sichere Höhlenwanderung unternehmen zu können. Von dem Erlebnis mit dem gefährlichen Wassermann wollte er natürlich niemandem erzählen – denn wer glaubte schon an Wassermänner?

Die Gruppe, die aus fünf Männern und einer Frau bestand, hatte sich am Eingang der Höhle versammelt und nickte einmütig. Ein Mann sagte wichtig: „Zumindest sollten wir in Sichtweite unserer Lampen bleiben, damit sich niemand verirrt!“

Es war Herr Findeweg. Er war etwas größer als Herr Bombelmann, hatte nicht mehr sehr viele Haare auf dem Kopf und die schiefen Zähne schimmerten gelb bis braun zwischen seinen Lippen hervor. Er trug eine braune, glatte Jacke, dunkle Hose und halbhohe Schnürstiefel mit festem Profil. Gerade setzte er seinen Helm auf und schaltete die Lampe ein. „Bin schließlich oft genug in so Höhlen unterwegs, mir macht da so schnell niemand etwas vor."

„Ich war noch nie in einer Höhle und bin ganz gespannt, was mich da erwartet", meinte ein schmaler, junger Mann mit strahlenden Augen, „irgendwie ist es für mich wie ein kleines Abenteuer." Er hieß Ignaz und sprach Herrn Bombelmann aus der Seele.

Die einzige Frau, Ellen Motzkuss, meldete sich nun auch zu Wort: „Es wird Ihnen gefallen. In diese Höhle gehe ich nun schon zum vierten Mal hinein und freue mich darauf. Halten Sie die Augen auf und Sie werden tolle Sachen entdecken – vorausgesetzt, Sie sind bereit dazu."

Herr Kappes, ein drahtiger Mann mit kantigem, knochigem Gesicht stellte klar: „Wer eine solche Tour mitmacht, der muss bereit sein. Ansonsten kann er sich das Ganze sparen und in seinem Schaukelstuhl Tee trinken." Er zurrte sich mit dem Bauchgurt den Rucksack fest.

Auch Herr Bombelmann hatte sich fertig gemacht und war froh, den Helm in der richtigen Größe gewählt zu haben, schließlich musste er über seinen Hut passen. Die Kopflampe hatte er darumgebunden und schaltete sie ein.

John Letterbox gab der Gruppe ein Zeichen und mit knirschenden Schritten betraten sie die Höhle. Hier im Eingangsbereich mussten sich die Augen an die veränderten Lichtverhältnisse erst gewöhnen, wobei es gleich noch viel dunkler werden würde. Der Höhlenführer sagte: „Achten Sie bitte auf die Höhe der Höhlendecke, wenngleich Sie Helme tragen. Es ist unangenehm

irgendwo dagegenzulaufen. Behalten Sie außerdem das blinkende Licht an meinem Rücken im Auge, so wissen Sie immer, wo ich bin."

Hier drinnen war es kalt, die Luft machte einen feuchten Eindruck und man hätte wohl ein riesiger Riese sein müssen, um sich den Kopf zu stoßen, so hoch war die Decke. Die Höhle wirkte wie ein unglaubliches Gewölbe und jedes Geräusch hallte von den Felsen zurück.

Je weiter die Gruppe in die Höhle hineinkam, desto mehr Gänge taten sich auf, die Decke wurde immer niedriger und ein Abzweig sah fast aus wie der andere.

„Wir kommen gleich an eine Stelle, an der wir durch eine kleine Öffnung kriechen müssen." Johns Stimme klang nun anders als draußen an der freien Luft. „Die Rucksäcke passen allerdings noch mit durch und Sie können sie anlassen. Wenn wir durch sind, schauen Sie sich in Ruhe um. Aber bleiben Sie zusammen – es wird erzählt, hier würde ein Höhlengeist sein Unwesen treiben."

Jeder in der Gruppe grinste über diesen Spruch, denn Höhlengeister gab es wohl nicht – höchstens in irgendwelchen unwahren Gruselgeschichten. Noch dazu in einer Höhle, die ständig besucht wurde. Nur Herrn

Bombelmann war nicht nach Grinsen zumute, denn er dachte an den Furcht einflößenden Wassermann, dem er nur mit Mühe und Not knapp entkommen war.
John Letterbox sprach Ellen Motzkuss an: „Sie sind heute das vierte Mal in der Höhle unterwegs. Können Sie sich noch an diese Öffnung erinnern? Und was sich dahinter verbirgt?"
„Ja", antwortete die Frau sehr sicher, „im Raum hinter dieser Öffnung haben wir bei unserem letzten Besuch einige Fledermäuse aufgescheucht. Sie flogen und flatterten ganz eng um uns herum."
„Sie meinen, das waren nur Fledermäuse?", fragte John mit einem überlegenen Lächeln in der Stimme und setzte dazu: „Fledermäuse!"
Als Erstes durfte der Mann mit den gelben Zähnen, Herr Findeweg, durch die Öffnung kriechen, danach Ellen, der junge Mann Ignaz, Herr Bombelmann und dann die letzten beiden Männer, Herr Kappes und Herr Zeiger. Zum Schluss kam auch John noch hinterhergekrochen. Gespenstisch still war es hier, von Fledermäusen nichts zu sehen. Auf dem Höhlenboden knirschte und knackte es, wenn jemand einen Schritt machte. Herr Findeweg leuchtete mit seiner Kopflampe nach unten. „Hühnerknochen!", stellte er fest, „Für Fledermäuse wohl ein bisschen zu groß."

„Wo sollen denn hier Hühnerknochen herkommen?", wollte Ellen wissen.
Der junge Mann antwortete: „Bestimmt hat hier eine Gruppe Rast gemacht und die Reste einfach fallen gelassen."
„Hier macht niemand Rast", entgegnete John mit einem seltsamen Ton in der Stimme, „hier nicht."

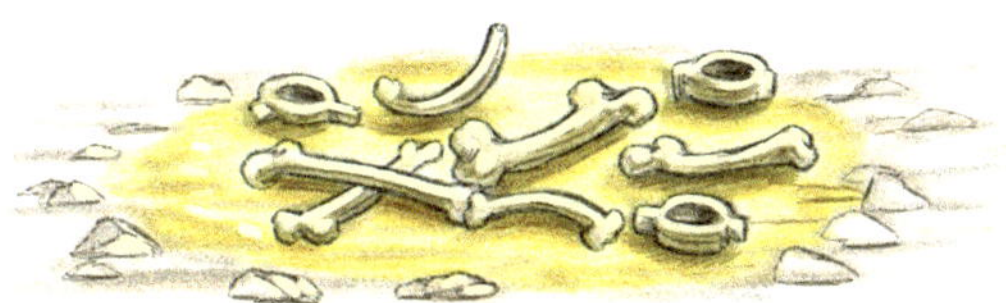

Herr Bombelmann hatte sich schon längst gebückt und hielt einen der kleinen Knochen in der Hand. Wie ein Hühnerbein sah es nicht unbedingt aus, von einer Fledermaus jedoch konnte es auch nicht sein. „Lassen Sie uns doch ein paar von diesen kleinen Knochen mit nach draußen nehmen, da sehen wir mehr. Vielleicht können wir ja anhand der Struktur schon erkennen, von was es ist", meinte er und steckte sich zwei Knochen in die Jacke.
Den anderen aber war es zu unwichtig, was sollte es schon sein? Essensreste und sonst nichts.
Die Dunkelheit wurde nur von den Kopflampen der Höhlenwanderer etwas unterbrochen, wirklich gut sehen konnte man nicht. Herr Findeweg schaute sich die Felswände an und lief dabei in einen der

vielen Gänge hinein. Ignaz, der zum ersten Mal hier war, erforschte ebenfalls fasziniert die Felswände, doch hatte er immer die Gruppe im Blick. John meldete sich zu Wort: „Lassen Sie uns weitergehen, es gibt noch viel zu sehen. Wo ist Herr Findeweg?“

Die Mitglieder der Gruppe sahen sich erschrocken an.

John rief: „Herr Findeweg? – Herr Findeweg!“

Doch außer dem Echo des eigenen Rufs kam nichts zurück. Noch nie war John ein Teilnehmer bei seinen Wanderungen abhanden gekommen, immer hatten die Gruppen auf seine Warnungen gehört.

„Wir sollten ausschwärmen und ihn suchen!“, schlug Ignaz vor.

„Welche Idee!“, konterte John. „Damit ich dann Sie alle suchen kann, was? Nix da, wir bleiben zusammen.“ Wieder rief er: „Herr Findeweg! Herr Findeweg?“

Da, waren da nicht Geräusche? Konnten die von Herrn Findeweg sein?

„Er scheint diesen Gang genommen zu haben“, meinte John, „Sie bleiben alle hier zusammen und rühren sich nicht von der Stelle. Ich schaue nach Herrn Findeweg und kehre wieder hierher zurück.“

Schon verschwand er hinter einem Fels im Gang.

„Das ist nicht gerade fair, dass Herr Findeweg sich

nicht an die Absprachen hält“, monierte Ellen Motzkuss, „dadurch geht uns allen kostbare Zeit verloren und wir sehen nicht sehr viel heute.“

Herr Zeiger, der bisher geschwiegen hatte, meinte spöttisch: „Dann wird es heute umso spannender. Vielleicht finden wir ihn nicht mehr und ein ganzer Suchtrupp muss ausrücken!“

Diese Worte gefielen Herrn Bombelmann gar nicht. Was sollte daran spannend sein? Ein Mann, der sich alleine in einer ihm unbekannten, riesigen Höhle verirrt hatte! Unglaublich viele Gänge ähnelten sich und einer sah aus wie der andere. Möglicherweise konnte nur ein ausrückender Suchtrupp Herrn Findeweg vor dem Verdursten und Verhungern aufspüren! Nein, spannend fand er das nicht.

„Das ist nicht lustig! Wer weiß, wo er stecken mag?“ Ellen sorgte sich anscheinend ein wenig.

In diesem Moment unterbrach das Geräusch eines herunterfallenden, weichen Gegenstandes das Gespräch. Abrupt verstummten alle und Herr Bombelmann leuchtete – wie die anderen auch – mit seiner Lampe an die Stelle, von der das Geräusch gekommen war. Hier lag auf dem Boden eine braune, glatte Jacke, die aussah wie die von Herrn Findeweg.

Was hatte das zu bedeuten?

In diesem Moment kam John zurück: „Ich habe nichts gesehen oder gehört. Ich fürchte, ich muss tiefer hineingehen. Doch vorher werde ich Sie aus der Höhle bringen."
„Schauen Sie mal, John, was eben wie aus dem Nichts auf den Boden gefallen ist!" Mit diesen Worten hob Frau Motzkuss die Jacke auf und hielt sie dem Höhlenführer hin. „Sie sieht aus wie die von Herrn Findeweg."
John sah sich die Jacke genauer an. Ihn schauderte: „Das kann doch nicht sein. Wie soll die Jacke hierher kommen? Und vor allen Dingen von wo?" Er hörte sich beunruhigt an.
Herr Bombelmann wollte wissen: „Was ist mit Ihnen, John? Sie sind so unruhig."
John dachte nach, schüttelte leicht den Kopf und antwortete: „Es gibt viele Gerüchte über den Höhlengeist. Bisher habe ich nur darüber gehört, niemals jedoch selbst etwas gesehen oder erlebt. Die Erzählungen handeln davon, dass Höhlenwanderer, die vom rechten Weg abkommen und nicht bei der Gruppe bleiben, hier und da verschwinden und lediglich ihre Sachen bei der Gruppe wieder auftauchen. Die Menschen aber sind für immer verschwunden. Es heißt, es sei der Geist eines üblen Schurken, der sich vor langer, langer Zeit mit seiner Diebesbeute in der Höhle verstecken wollte.

Doch verirrte er sich dabei, fand nie mehr heraus und kam um. Seither soll er auf unvorsichtige Wanderer lauern. Wenn sie sich zu tief in die Höhle wagen oder die vorgegebenen, geführten Wege verlassen. Angeblich befürchtet er, man wolle ihm seinen gestohlenen Schatz rauben. Ich selbst glaubte bisher nicht wirklich an das Gerede und den Höhlengeist und bin der Einzige, der hier noch Führungen anbietet. Alle anderen haben Angst."

Nun polterte es nicht weit von ihnen entfernt auf dem Boden. Wie auf Kommando rissen alle ihren Kopf herum und sahen hinüber. Im Schein der Lichtstrahlen rollte eine Kopflampe wenige Millimeter hin und her, so, als wäre sie gerade dort hingefallen.

„Die könnte auch von Herrn Findeweg sein", meinte Ellen, bückte sich, drehte daran und schaltete sie ein. „Sie leuchtet sogar noch", sagte sie mit unruhiger Stimme. Während sie die Lampe hielt, zitterten ihre Hände und man sah, dass sie sich nicht gut fühlte.

„Ich bringe Sie sofort alle raus", bestimmte John, „folgen Sie mir!"

Mit diesen Worten drehte er sich um und stieß bei seinem ersten Schritt mit einem Scheppern gegen einen harten Gegenstand. Es war der Helm von Herrn Findeweg, der auf dem Boden lag. Niemand hatte ihn fallen hören, keiner hatte bemerkt, dass er da war.

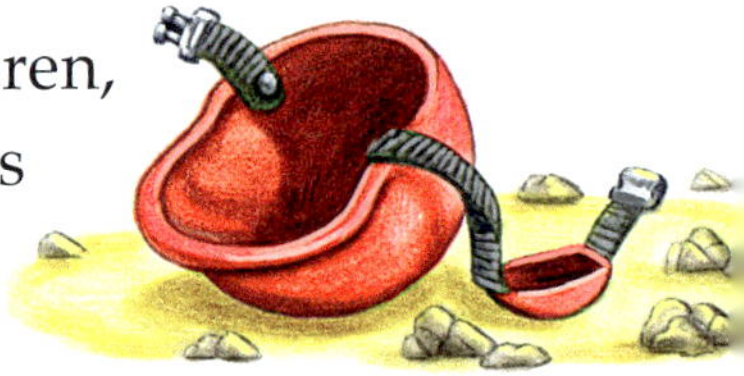

„Kommen Sie“, drängte John, dem es unheimlich wurde, „nun kommen Sie schon!“

Herr Kappes sollte durch die kleine Öffnung kriechen, doch im Schein seiner Kopflampe erkannte er, dass sie verstopft war. Dort lag der Rucksack von Herrn Findeweg. Diesen schob er vor sich her und so krochen nacheinander Herr Kappes, Herr Zeiger und Frau Motzkuss durch die Öffnung. John forderte Herrn Bombelmann auf zu folgen.

„Nein“, antwortete dieser, „ich werde hierbleiben und Sie bei der Suche unterstützen. Zu zweit finden wir vielleicht eher etwas.“

John wollte schon energisch ablehnen, aber Herr Bombelmann erzählte in aller Kürze, welch knifflige, schwierige und gefährliche Rätsel er als Detektiv nicht nur in Poppelsdorf gelöst hatte. Das überzeugte John davon, dass Herr Bombelmann eher eine Hilfe als ein Klotz am Bein sein würde.

„Gut", erwiderte er, „halten Sie die Stellung, ich bin gleich wieder da."
Schnell und geübt war John in der Öffnung verschwunden und kurz darauf wieder zurück.
„Wir wissen nicht, wo Herr Findeweg hingegangen ist und was wir machen können. Wir tappen komplett im Dunkel", sagte er.
„Lassen Sie uns die Gänge, die von hier abgehen, einen nach dem anderen absuchen", schlug Herr Bombelmann vor, „mit etwas Glück finden wir eine Spur."
„Sie haben recht. Beginnen wir außen und arbeiten uns in die Mitte vor. Gehen wir."
Herr Bombelmann bog in den ersten Gang ein und leuchtete langsam gehend den Weg aus. Steinzapfen hingen von oben herab und ragten weit nach unten. Wer hier nicht aufpasste, würde sich gewaltig seinen Kopf oder die Schulter stoßen.
Nach einer Weile wollte er sich zu John umdrehen, doch der war verschwunden.
Schnell lief Herr Bombelmann den Weg zurück, stolperte dabei über etwas Hartes und fiel zu Boden. „Au", hörte man ihn und er sah auf: „Was soll denn das? Der war eben doch noch auf

Johns Kopf!“ Es war der Helm von John Letterbox. Sollte auch er …?
Herr Bombelmann stand auf und nahm den Helm in die Hand. Das Einzige, was er herausbrachte war: „Meine Güte, was ist hier nur los?“
Und als hätte jemand die Frage gehört, antwortete eine finster grollende Stimme: „Was hier los ist? Das musst du fragen? Du bist es doch, der mit seiner Bande meinen Schatz rauben will! Solange du auf dem sicheren Weg geblieben bist, mag ich dich wohl dulden, aber nicht hier! Niemals werde ich zulassen, dass jemand die Beute stiehlt, für die ich selbst so bitter zahlen musste!“
„Wer bist du?“, fragte Herr Bombelmann vorsichtig um Zeit zu gewinnen, denn er konnte mit der Situation noch nichts anfangen.
„Sag nur, du weißt nicht, wer ich bin?“, grollte es lauter als je zuvor. „Dies ist meine Höhle, meine Zuflucht, mein Gefängnis und mein Zuhause! Ich bin der Höhlengeist, wer denn sonst?“ Wie ein Echo schien die Stimme von überall her und nirgends zu kommen.
„Was hast du mit den anderen beiden Männern getan?“, wollte Herr Bombelmann wissen.
„Ich habe ihnen das Licht genommen, ihre Kleider und ihr Futter. Sie wollten mich bestehlen und dafür werden sie den gleichen Preis zahlen, den

ich gezahlt habe. Sie werden in der Höhle elendig an Hunger, Durst und Kälte zugrunde gehen! Genauso wie du – hahahahaha!“

„Halt, halt“, unterbrach ihn Herr Bombelmann. „Das wäre nicht sehr clever! Denke doch mal daran, dass jeder, den du nicht aus deiner Höhle lässt, ein Geist werden kann und wie du auf ewig hier herumstreift. Spätestens dann musst du wahrlich um deinen Schatz fürchten!“

Das Grollen wurde unruhig und schien zu schwanken: „Ist das dein Ernst? Das wäre ja furchtbar! Womöglich würde ich die nie wieder loswerden! Die Höhle ist für mehrere Geister viel zu klein!“ Und viel leiser fügte er hinzu: „Und außerdem ist es mein Schatz. Er gehört mir ganz allein!“

„Wenn du auf Nummer sicher gehen willst, dann schick sie doch einfach raus. Dann hast du auf keinen Fall einen zusätzlichen Geist in deiner Höhle und kannst deinen Schatz alleine für dich behalten“, empfahl Herr Bombelmann.

„Darüber muss ich erst nachdenken, vielleicht schicke ich erstmal einen raus. Du aber solltest jetzt sofort verschwinden“, und als hätte er nach einer Ausrede gesucht, fügte der Höhlengeist hinzu: „Denn zu deinem Glück bist du ja gerade so auf dem rechten Weg geblieben und somit sollte ich dir nichts tun.“ Nun wurde es wieder lauter:

„Also geh und lass dich hier niemals mehr sehen!“ Es donnerte heftiger als je zuvor in der Höhle und ein Widerspruch oder eine weitere Verzögerung wären an der falschen Stelle gewesen. Der Schall der Geisterstimme ließ die Höhle so sehr erzittern, dass sie beinahe drohte einzustürzen.

Schnell drehte sich Herr Bombelmann um und lief auf direktem Weg, den ihm der Höhlengeist zu zeigen schien, aus der Höhle. Bald darauf stand er draußen im Tageslicht an einer ihm unbekannten Stelle.

Hinter ihm war es ruhig geworden, nichts deutete mehr auf das hin, was sich eben abgespielt hatte. Kein Donnern, kein Grollen, nichts. Die Blätter der Laubbäume raschelten leise im sanften Wind und die Vögel zwitscherten verschiedene Melodien durcheinander. So, als sei nichts gewesen.

Auf dem Weg zum Hotel fragte er sich, was wohl aus John und Herrn Findeweg geworden ist. Ob sie der Höhlengeist nach Hause entlassen würde? Ob sie sich je wiedersahen?

Antworten darauf konnte er nicht finden, aber er war sich sicher, dass er in Zukunft niemals seinen geführten und vorgegebenen Weg verlassen wollte. Und dies galt nicht nur für eine Höhle …

Die rätselhafte Rückkehr

„Und? Habt ihr Herrn Findeweg gefunden?“, stürzten im Hotel die anderen aus der Gruppe neugierig und gespannt auf Herrn Bombelmann zu.

Dieser schüttelte den Kopf: „Nein, wir haben ihn nicht gefunden. Aber Herr Letterbox ist nun auch noch weg!“

Frau Motzkuss wollte wissen: „Wie? Auch noch weg? Wie meinen Sie das?“ Nach einer kurzen Pause fügte sie hinzu: „Der kennt sich doch aus in der Höhle, der taucht wieder auf. Bestimmt will er nicht mit der Suche aufhören, bevor er Herrn Findeweg gefunden hat.“ Es klang wenig überzeugt, eher so als wollte sie es sich selbst einreden, um ihre Angst zu verbergen.

Da machte sich Herr Bombelmann wenig Hoffnung: „Das hat nichts damit zu tun, ob er sich auskennt oder nicht. Er ist weg, so wie Herr Findeweg. Dafür gibt es einen Grund, den ich niemals für möglich gehalten hätte.“ Nachdenklich sah er in die fragenden Gesichter und begann zu erzählen, was sich zugetragen hatte. Als er allerdings die Begegnung mit dem Höhlengeist erwähnte, entspannten sich die Mienen der Gruppe.

Herr Kappes meinte: „Herr Bombelmann! Falls es einen Höhlengeist überhaupt geben sollte, so würde er Sie bestimmt nicht als Einzelnen gehen lassen. Das war alles inszeniert und gehörte zur Wanderung dazu. Die Waliser haben ihren eigenen, seltsamen Humor. Letterbox wollte uns einen Schrecken einjagen und nun spielen er und Herr Findeweg wahrscheinlich Mau-Mau in der Höhle."

Herr Zeiger warf ein: „Vielleicht trinken sie zusammen Kakao oder ein Glas frisches Quellwasser, lachen sich über Herrn Bombelmann und uns kaputt und morgen früh wird Herr Letterbox wieder da sein und unser Frühstück bereiten."

Herr Bombelmann hätte nun sagen können, was er wollte, ihm hätte ohnehin keiner Glauben geschenkt, weil die Existenz eines Höhlengeistes sehr unwahrscheinlich und ohnehin nicht zu beweisen war. So wie damals in Schottland, als es nur um einen kleinen Ide-Adde-Ude ging, mit dem er sich angefreundet hatte und der ihn sogar nach Poppelsdorf begleitet hatte.

Damals hatten die anderen nur gelacht und niemand glaubte an die Existenz des kleinen Brotklaus. Es gab eben Dinge, die Menschen nicht glauben wollten, auch wenn sie stimmten. Dafür glaubten sie oftmals Dinge, die nicht stimmten und von denen sie nur beiläufig hörten. Aber das sind ganz andere Geschichten.
Hätten die übrigen Mitglieder der Gruppe den Nachmittag allerdings komplett miterlebt, würden sie wohl nicht lachen, sie würden viel eher gemeinsam mit ihm hoffen, dass der Höhlengeist die beiden Männer wieder gehen lassen würde.
Müde vom anstrengenden Tag verabschiedete sich Herr Bombelmann und ging schlafen. Es war ohnehin spät genug, zumal er in aller Frühe aufzustehen gedachte.
Um Punkt 4 Uhr schrillte der Wecker und ließ Herrn Bombelmann nach einer unruhigen Nacht, in der er sich hin und her gewälzt hatte, hochschrecken. In etwa einer halben Stunde wollte er fertig sein und zum Frühstücken nach unten gehen, um anschließend eine Fahrt zum größten natürlichen See von Wales zu unternehmen, dem Llyn Tegid – auch wenn er noch nicht einmal wusste, wie das ausgesprochen wurde.
Von diesem See war bekannt, wie groß er war, dass es hier ganz plötzlich auftretende Fluten gab,

die niemand erklären konnte, und dass er sehr klares und tiefes Wasser beherbergte. Außerdem erzählte eine Sage davon, dass es im See ein Monster geben sollte. Allerdings hatte dies noch niemand gesehen und so war seine wirkliche Existenz sehr unwahrscheinlich – aber den Höhlengeist oder den Ide-Adde-Ude gab es ja auch, das wusste Herr Bombelmann.

Nach dem Duschen und Zähneputzen hatte er sich angezogen und ging auf leisen Sohlen die Treppenstufen nach unten, weil er niemanden aufwecken wollte. Im Frühstückszimmer wurde er freundlich begrüßt: „Guten Morgen Herr Bombelmann, haben Sie gut geschlafen?" John Letterbox schaute ihn fröhlich lächelnd an. „Was steht heute auf Ihrem Programm? Wohin soll der Ausflug gehen?"
Herr Bombelmann war irritiert und glücklich zugleich, weil der vermisste Höhlenführer freundlich lachend vor ihm stand, und grüßte freudig zurück: „Guten Morgen Herr Letterbox, schön, dass Sie hier sind und dass es Ihnen gut geht."

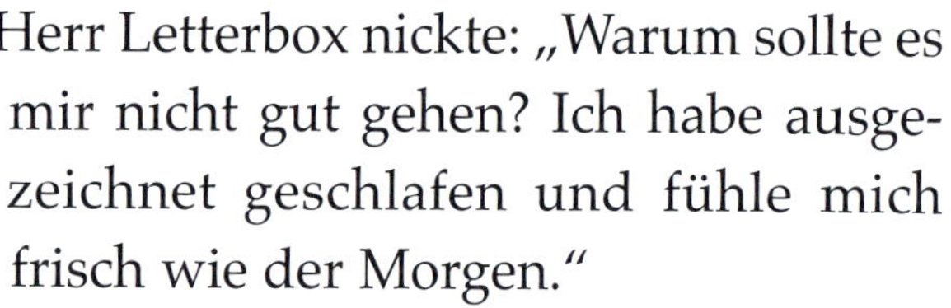

Herr Letterbox nickte: „Warum sollte es mir nicht gut gehen? Ich habe ausgezeichnet geschlafen und fühle mich frisch wie der Morgen."

„Wann sind Sie aus der Höhle zurückgekehrt?", wollte Herr Bombelmann wissen.

Herr Letterbox sah ihn fragend an: „Wie? Aus welcher Höhle? Ich gehe doch in keine Höhle."

Was war denn das für eine Antwort? Der Höhlenführer Letterbox ging in keine Höhle? So ein Quatsch.

Herr Bombelmann ließ nicht locker: „Haben Sie denn Herrn Findeweg gefunden?", wollte er wissen.

John konnte sich scheinbar nicht erinnern: „Wen? Herrn Findeweg? Wer ist das denn?"

Herrn Bombelmann wurde es unheimlich. Er beschloss, seinen Ausflug aufzuschieben und auf die anderen zu warten.

Gedankenabwesend holte er sich am Buffet zwei frische Körnerbrötchen und einen Kakao, Butter, Wurst und Käse, etwas Marmelade und ein Glas Wasser, setzte sich hin und begann zu frühstücken. Die Brötchen fielen förmlich in ihn hinein, denn er hatte gar nicht gemerkt wie er aß. In Gedanken war er ständig bei John Letterbox, in

dem eine unerklärliche Wandlung vorgegangen sein musste.
Endlich betraten Herr Zeiger und Herr Kappes den Raum, kurz danach auch Frau Motzkuss und Ignaz. Nach der Begrüßung durch John Letterbox verteilten sie sich an die Tische und grinsten verstohlen zu Herrn Bombelmann. Wussten sie irgendetwas, was er nicht wusste? Hatten sie sich abgesprochen? 
Das konnte sich Herr Bombelmann nicht vorstellen, dazu war es gestern in der Höhle viel zu gefährlich gewesen. Er stand auf, ging von Tisch zu Tisch und forderte die Gruppe auf, John nach Herrn Findeweg oder einer Höhlenwanderung zu fragen. Danach setzte er sich wieder hin.
Frau Motzkuss, die ohnehin unbedingt wissen wollte, was mit Herrn Findeweg war, fragte zuerst: „Herr Letterbox?" 
„Ja, Frau Motzkuss?"
„Haben Sie Herrn Findeweg noch irgendwo ausfindig machen können?"
John Letterbox schob die Augenbrauen nach unten: „Was für einen Herrn Findeweg? Herr Bombelmann erwähnte diesen Namen eben bereits."

Die Anwesenden im Frühstücksraum zuckten zusammen. Weshalb wusste Herr Letterbox nichts von Herrn Findeweg?

Herr Kappes rief herüber: „Brechen wir heute wieder zu einer Höhlenwanderung auf, Herr Letterbox?“

Dieser antwortete: „Ob Sie zu einer Höhlenwanderung aufbrechen, weiß ich nicht. Ich für meinen Teil auf gar keinen Fall. Ich gehe in keine Höhlen, das habe ich noch nie getan. Es soll hier und dort gefährlich sein.“

„Aber Sie sind doch der beste Höhlenführer von Wales!“, rief Herr Zeiger. „Deshalb sind wir in Ihrem Hotel abgestiegen!“

John Letterbox lachte: „Das soll wohl ein Scherz sein? Ich und ein Höhlenführer! Wie kommen Sie denn darauf?“

Auch Ignaz meldete sich zu Wort: „Schauen Sie doch einmal in Ihren Prospektständer und die Werbebroschüren. Da steht doch alles drin.“

Eine gute Idee! Darauf hätte auch Herr Bombelmann kommen können.

Alle standen auf und gingen gemeinsam hinüber, doch im Prospektständer waren keine Informationen zu finden, Werbebroschüren gab es auch nicht, noch nicht einmal an der Rezeption.

Herr Bombelmann hatte einen Katalog im Auto, den er gleich hereinholte, und schlug die Seite mit den Höhlenwanderungen von John Letterbox auf. „Schauen Sie, hier steht es doch: ‚Höhlenführungen mit dem besten Höhlenführer von Wales, mit John Letterbox'."
John grinste: „Was wollen Sie mir denn jetzt erzählen? Hier steht lediglich: ‚Besuchen Sie das Hochland von Wales, eine Reise, die sich immer lohnt'."
Komisch, fanden die anderen, hier waren eindeutig Informationen zu den Höhlenwanderungen. Warum sah John das nicht?
Herr Zeiger, der den Aufenthalt über das Internet gebucht hatte und sich damit gut auskannte, durfte an den Computer des Hotels. Doch egal, welche Seite er aufrief, John sah ständig irgendwelches anderes Zeugs darauf. Niemals konnte er seinen Namen lesen oder über von ihm geführte Höhlenwanderungen.
Herr Kappes bat: „Herr Findeweg war in Zimmer 18 untergebracht. Schauen Sie doch bitte mal in Ihr Belegungsbuch, Herr Letterbox."
Doch auch hier war kein Eintrag über Herrn Findeweg. Es gab im Reservierungsbuch zwar eine

Zeile, die komplett weggelöscht war und das bei Zimmer 18, aber der Name Findeweg tauchte nirgends auf. Das Zimmer selbst war wie unbenutzt, alles sauber, die Schränke leer. Herr Bombelmann wurde nachdenklich: „Herr Letterbox, gestern Vormittag waren wir alle zusammen in einer Höhle. Dort haben wir etwas Schreckliches erlebt – daran müssen Sie sich doch erinnern."

Herr Letterbox antwortete: „Nein, gestern Vormittag war ich in der Stadt und habe einige wichtige Dinge erledigt."

„Das", ließ Herr Bombelmann nicht locker, „war vorgestern."

Herr Letterbox lachte: „Vorgestern war Sonntag und da sind bei uns die Geschäfte allesamt geschlossen. Was sollte ich also in der Stadt?"

Die anderen sahen sich der Reihe nach an und Herr Kappes stellte fest: „Aber heute ist Mittwoch, Herr Letterbox. Vorgestern war Montag."

„Quatsch", sagte der Höhlenführer, „heute ist Dienstag und gestern war Montag. Das ist in Wales wie überall in Europa." Er schien felsenfest davon überzeugt zu sein und hatte den gestrigen Tag wohl total aus seinem Gedächtnis gestrichen.

Nun holte Herr Bombelmann die eingesteckten kleinen Knochen aus der Jackentasche: „Die habe ich in der Höhle aufgehoben und mitgebracht. Wir rätselten, von was diese wohl sein könnten." Damit drehte er sich zu Ignaz um: „Sie haben doch die braune Jacke, Helm und Lampe von Herrn Findeweg mitgenommen, oder?"
„Ja, das habe ich. Ich hole sie schnell."
Frau Motzkuss sagte: „Ich habe sogar einige Fotos von der Gruppe gemacht, als wir uns vor der Höhle vorbereitet haben. Da muss Herr Findeweg auch drauf zu sehen sein."
Sofort waren beide auf dem Weg zu ihren Zimmern und gleich wieder zurück.
John Letterbox nahm die Jacke und ließ sie durch seine Finger gleiten, doch er konnte sich nicht an sie erinnern. Die Fotos, die ihn mit der Gruppe vor dem Betreten der Höhle zeigten, ließen ihn schaudern. „Heißt das, ich bin mit Ihnen in dieser Höhle gewesen? Das kann ich mir kaum vorstellen. Wo ist das gewesen?"
Herr Kappes machte einen Vorschlag: „Lassen Sie uns alle zusammen hingehen. Vielleicht kommt die Erinnerung wieder."
Kaum eine Viertelstunde später machten sie sich auf den Weg. Je näher sie ihrem Ziel kamen, desto unruhiger wurden John Letterbox und Herr

Bombelmann. Jeder Schritt fiel schwer und es war, als seien sie an einem unsichtbaren Gummiband angebunden, das sie immer wieder zurückzog.

„Ich kann nicht weitergehen“, sagte John Letterbox, „es ist mir unmöglich. Wie von magischer Hand werde ich zurückgedrückt, jeder Schritt fällt mir schwer und meine Knochen schmerzen.“

Herr Bombelmann blieb stehen: „Mir geht es ebenso. Mit jedem Meter fällt es mir schwerer, mich der Höhle zu nähern. Gerade so, als hätte mich der Höhlengeist mit einem Fluch belegt.“

Herr Zeiger, Herr Kappes, Ignaz und Frau Motzkuss sahen sich an. Sollten sie alleine weitergehen?

Herr Bombelmann nahm ihnen die Antwort ab: „Lassen Sie uns umkehren. Sie kennen sich in der Höhle nicht aus und wenn der Höhlengeist Sie zu

fassen bekommt, sind Sie alle verloren. Er ist ohnehin schon gereizt genug von gestern. Es hat keinen Zweck."

Traurig nickend stimmten sie zu.

Schweigend schritt die Gruppe den Weg zum Hotel zurück, beklemmend bei dem Gedanken an den verlorenen und verschwundenen Herrn Findeweg, von dem keiner wusste, ob er jemals wieder auftauchen würde. Klar war, dass John Letterbox wohl nie mehr in seinem Leben eine Höhlenwanderung führte. Unerklärlich würde für immer bleiben, warum er sich nicht an den Dienstag erinnern konnte und dieser komplett aus seinem Gedächtnis gestrichen war.

Doch fest stand auch, dass dies für Herrn Bombelmann kein Grund war, für alle Zukunft auf Höhlenwanderungen zu verzichten …

Herr Bombelmann und der größte natürliche See von Wales

Aufgeschoben ist nicht aufgehoben. Das galt auch für den Ausflug an den größten natürlichen See von Wales. Außerdem wäre so ein Ausflug eine willkommene Ablenkung von den gruseligen Erlebnissen der letzten Tage und dem immer noch verschollenen Herrn Findeweg. Bei Tagesanbruch packte Herr Bombelmann den Ersatzrucksack und startete sein schönes, aber altes und immer sauberes Auto.

„Auf geht's, mein Guter", sagte er zu seinem Gefährt, legte den Gang ein und fuhr los, „nun habe ich drei aufregende Tage hinter mich gebracht. Es ist an der Zeit, sich einige ruhige und erholsame Stunden zu gönnen. Wir machen einen Ausflug an einen herrlichen See."

Nach etwas mehr als zwei Stunden Fahrt bog Herr Bombelmann auf den Parkplatz zum größten natürlichen See von Wales ein. An diesem Morgen war er nicht der erste Besucher, aber es waren noch genügend Stellplätze frei. Sicherheitshalber schloss Herr Bombelmann vor der Wanderung das Verdeck seines schönen, aber alten und immer sauberen Autos, denn er wollte es nicht die ganze Zeit unbeaufsichtigt offen stehen lassen – schon gar nicht nach den Vorkommnissen der letzten Tage.

Der See lag tief und ruhig, umgeben von hohen Bergen. Die Sonne sandte ihre ersten warmen Strahlen, wobei sie sich langsam über den hohen Gipfel im Osten schob. Sie zauberte den wenigen, leichten Wolken einen hellen, fast golden schimmernden Rand. Klar und rein war die Luft, noch etwas frisch, und Herr Bombelmann brach wohlgelaunt zu seinem Gang rund um den See auf. Dafür würde er etwa fünf Stunden benötigen, vielleicht auch etwas länger. Doch diese Zeit hatte er sich gerne mitgebracht.

Der Weg, den er ging, war sauber und etwa so breit, dass man mit drei oder vier Personen nebeneinander laufen könnte. Einzelne Bänke luden zu einer entspannenden Pause ein, falls die Beine vom Wandern etwas müde wurden. Herr Bombelmann schlenderte gemütlich, fasziniert von der tollen Landschaft und dem herrlich glänzenden, klaren Wasser, seinen Weg voran.

Es war, als riefe ihm eine zarte Stimme etwas ins Ohr: „Kennst du die Geschichte des Sees? Weißt du, wie er entstanden ist? Kennst du seine Traurigkeit?“

Herr Bombelmann drehte sich um, sah aber nichts außer einem kleinen, wunderschön farbig schillernden, seltenen Vogel, wie er ihn noch nie gesehen hatte. Ihm war, als würden ihn die kleinen Flügel dazu auffordern zu folgen.

Herr Bombelmann kniff ein wenig seine Augen zusammen und überlegte: „Du willst, dass ich dir folge?“

Der Vogel flatterte auf und ab und sein Zwitschern klang schon fast aufdringlich. „Hoffentlich bringst du mich nicht zu einer aufregenden Begegnung. Heute wollte ich gerne mal meine Ruhe haben.“

Wie einem inneren Zwang folgend, konnte Herr Bombelmann schließlich nicht anders und lief dem kleinen Flattertier hinterher. Dieses verharrte verschiedentlich während des Fluges scheinbar auf der Stelle, drehte sich um und rief dabei immer wieder: „Kennst du die Geschichte des Sees?

Weißt du wie er entstanden ist? Kennst du seine Traurigkeit?“
Ob die Stimme wirklich von dem kleinen Vogel kam oder nur in seiner eigenen Fantasie existierte, vermochte Herr Bombelmann nicht mit Sicherheit zu sagen. Egal wie, er empfand es so oder so als äußerst geheimnisvoll, machte sich aber keine weiteren Gedanken darüber. Ohne nachzudenken lief er durch Dickicht und Buschwerk auf schönen und guten Wegen, der seltsame Vogel flog immer voran. Er wurde schneller und Herr Bombelmann musste eiligen Schrittes folgen, um ihn nicht aus den Augen zu verlieren. Noch einmal verharrte der Vogel auf der Stelle und wieder waren die Worte zu hören: „Kennst du die Geschichte des Sees? Weißt du wie er entstanden ist? Kennst du seine Traurigkeit?“
Im nächsten Moment flatterte der Vogel nach oben und verschwand mit schnellen Flügelschlägen gen Himmel.
Die letzten Meter war Herr Bombelmann fast gerannt, um den kleinen, bunten Vogel nicht aus den Augen zu verlieren, und war außer Puste. Eine gemütliche Bank, uralt, leicht verwittert und doch stabil, lud ihn zum Ausruhen ein und so nahm er Platz, kramte im Rucksack und gönnte sich einen kräftigen Schluck aus der Wasserflasche.

„Woher kommst du, Herr?“, fragte eine männliche, alte Stimme neben ihm. „Darf ich mich zu dir setzen oder wäre dir dies unangenehm?“
Herr Bombelmann antwortete: „Die Bank ist breit genug für uns beide, und tragen wird sie uns auch. Sie sieht mir nicht aus, als würde sie jeden Moment in sich zusammenfallen. Du hast gefragt, woher ich komme. Es ist der kleine Ort Poppelsdorf in dem ich wohne, diesen kennst du sicherlich nicht, oder?“
Der alte Mann, dessen Augen unglaubliche Wärme ausstrahlten und klar waren wie das Wasser des Sees, auf den sie blickten, setzte sich umständlich. Er trug eine graue Hose, die fast genauso alt war wie er selbst, gehalten von Hosenträgern, damit sie nicht rutschte. „Nein, von diesem Ort hörte ich noch nie, auch wenn ich schon alt bin

und viele schöne Flecken auf unserer Erde kenne.“ Dabei nickte er, als wolle er sich selbst bestätigen. „Vor vielen hundert Jahren habe ich zum ersten Mal hier gesessen“, sagte er und nickte noch immer, „und der Vogel, der dich herbrachte, führte auch mich an diese Bank.“

Nachdenklich sah er Herrn Bombelmann in die Augen und lächelte traurig dabei: „Die Erinnerung an diesen Tag lässt mich nicht ruhen. Ich war ein Harfenspieler und sang Lieder bei den schönsten Festen, die Menschen tanzten zu meiner Musik und feierten ausgelassen und fröhlich. Damals gab es diesen See noch nicht.“

Herr Bombelmann wurde unsicher. Ihm saß ein Mann gegenüber, der schon viele hundert Jahre alt sein sollte? Das konnte er sich nicht vorstellen, auch wenn die Hose und die Schuhe recht alt aussahen und keineswegs der aktuellen Mode entsprachen. Doch er beschloss, auf die Schnelle so zu tun, als sei das Ganze nichts Ungewöhnliches – zumal der Alte, der nun neben ihm saß, freundlich und weise wirkte. „Und was war hier, wenn der See noch nicht existierte?“

Der alte Mann senkte seinen Blick und sah auf den Boden: „Es war ein Tal, in dem ein Schloss mit Türmen und Mauern stand. In jener Nacht aber verschwand das alles und der See war plötzlich da."

Herr Bombelmann fragte neugierig: „Und das Schloss? Ist es jetzt noch immer dort unten?"

„Ja, wenn der klare Herbstmond scheint und der alte Schiffer auf dem See unterwegs ist, dann sieht er tief unter den Wassern die Mauern und Türme des Schlosses." Wieder nickte der alte Mann.

„Aber wohnen dort auch Leute?", wollte Herr Bombelmann wissen.

Der ehemalige Harfenspieler sah mit einem scharfen Blick auf: „Wie könnten Leute unter dem Wasser wohnen? Das solltest du in deinem Alter aber wissen."

„Ja ja", beeilte sich Herr Bombelmann, „das weiß ich schon. Aber ich glaubte auch viele andere Dinge zu wissen und irrte mich. Ich glaubte zu wissen, dass es keine Wassermänner geben würde und auch keine Höhlengeister – doch habe ich mit beiden Bekanntschaft gemacht."

Der alte Mann schaute skeptisch auf: „Natürlich gibt es Wassermänner und Höhlengeister, die gab es schon immer. Zumindest hier in Wales. Doch Bekanntschaft hast du mit ihnen bestimmt nicht gemacht, sonst wärest du jetzt nicht hier. Noch nie ist es jemandem gelungen, einem von ihnen zu entkommen, das hat noch niemand geschafft!“

Schweigend hob der Alte seinen Kopf, sah über das Wasser und deutete mit seinem Arm eine ausladende Bewegung darüber an: „Hier, als es noch ein Tal war, lebte vor langer Zeit ein stolzer Fürst. Aber all seine Schätze, Schlösser und Wälder hat er mit Betrug, Raub und Lüge erworben. Eines Tages erklang aus den Bergen eine laute Stimme, die ihm Einhalt gebot und ihn aufforderte, fortan ehrlich zu sein und den Armen zu helfen. Doch er lachte nur darüber.“

Es war, als würde der Alte in seinen Gedanken wieder in der alten Zeit sein und seine Augen glänzten.

„Eines Tages war ich geladen zu einem prunkvollen Fest. Als ich die Hallen des Schlosses betrat, war ich überwältigt von so viel Schönheit, über hundert Menschen waren dort, vornehm gekleidet. Sie sangen und grölten, tanzten und lachten – es war ein Fest, wie ich es noch nie zuvor erlebte. Als die Stimmung auf dem Höhepunkt zu sein schien, kam da dieser kleine Vogel zu mir und forderte mich auf, ihm zu folgen.“

Herr Bombelmann hörte aufmerksam zu: „Und? Hat er zu dir auch etwas gerufen?"
„Ja, er rief in mein Ohr: ‚Die Zeit der Reue, die Zeit der Reue' und er machte mir Zeichen, ihm zu folgen. Nun, ein alter Mann ist nicht mehr der Schnellste und so war der Weg für mich sehr mühsam. Als wir an dieser Bank ankamen, sah ich den Vogel nicht mehr. Ich lauschte in die Nacht, doch außer dem Rauschen einer Quelle und der Glocke eines weidenden Schafes hörte ich nichts. Der Vogel war verschwunden und ließ mich alleine."
„Und was geschah dann?"
„Natürlich wollte ich gerne zurück zu diesem tollen Fest, denn es war dort unbeschreiblich schön. Ja, ich wollte trotz aller Geschichten um den Fürsten und seinen Reichtum zurück. Doch als ich hinüberblickte, war das Schloss nicht mehr da. Stattdessen schaute ich auf einen See." Er machte eine kurze Pause und fügte hinzu: „Und das einzig Vertraute was ich sah, war meine Harfe, die auf der Wasseroberfläche schwamm."

Herr Bombelmann war durcheinander: „Und die vielen Menschen? Was ist mit ihnen geschehen?“ Der Alte deutete mit seinem Kopf auf den See: „Dort“, sagte er, „dort. Sie sind alle im Schloss geblieben und im See versunken.“
Er starrte auf das Wasser, als wolle er einen letzten Blick des Festes erhaschen. „Sie alle feierten mit dem Gold und den Kostbarkeiten, die der Fürst durch Raub und Betrug angehäuft hatte. Und sie feierten wohl oft.“
„Aber du bist das erste Mal da gewesen?“
„Ja“, antwortete der Alte, scheinbar noch immer in Gedanken versunken, „ich war zum ersten Mal dort und überrascht, wie viele Menschen sich mit dem Unglück anderer schöne Stunden machten.“
Nun nickte auch Herr Bombelmann: „Und so ist dieser See entstanden. Die vielen Seelen, die dort unten sind – spuken sie ab und zu herum?“
Der Alte drehte seinen Kopf, die Augen funkelten und er wurde aufgeregt: „In Vollmondnächten, wenn der Nebel aus dem See aufsteigt und ans Land zieht, in diesen Nächten kommt der Fürst aus den Tiefen empor. Ehrwürdige Menschen, die zu dieser Zeit um den See

laufen, packt er dann und zerrt sie hinein. Er kann nicht anders, als seine Seele weiterhin mit Raub und Grausamkeit zu erfüllen. So wie er es schon zu Lebzeiten gemacht hat. Deshalb halte dich in solchen Nächten fern von hier!“

„Das wird mir nicht schwerfallen“, antwortete Herr Bombelmann und zwinkerte dem Alten lächelnd zu, „ich bin ja nur zum Urlaub in diesem schönen Land, möchte mir heute den See anschauen und werde morgen schon wieder woanders sein. Was geschah mit deiner Harfe? Wurde sie an Land gespült und du hast sie wiederbekommen?“

Der Alte sah auf und wurde unruhig: „Das ist wohl meine Strafe! Die Harfe ist ein Teil des Sees. Manchmal, wenn er ruhig daliegt und kein Wind darüber weht, kann ich ihre zarten Klänge hören. Doch wenn sie ganz besonders schön spielt, dann gurgelt und gluckert es, Gischt spritzt nach oben, Fluten kommen auf und ziehen sie nach unten. Es ist, als gönne mir der Fürst nicht die schöne Musik, mein größtes Glück.“ Bei den letzten Worten war er in sich zusammengesunken und hatte den Blick vom See genommen.

Nun sah er traurig aus, wie er so dasaß. Alt und müde, mit seinen Augen, die klar waren wie das Wasser – nur der Glanz darin war verschwunden. Dafür waren sie voller Einsamkeit und Sehnsucht.

Die alte Hose, die er trug, wurde gehalten von den Hosenträgern, damit sie nicht rutschte. Und wie er so dasaß, schaute der Mann wieder auf den See. Auf den See, der seine Harfe verschluckt hatte und die er nicht mehr hergab.

Doch das Wasser sah der alte Mann nicht. Er dachte immerzu an die zauberhaft schöne Musik und sein vergangenes Glück, das niemals mehr zurückkehren würde.

Herr Bombelmann und der aufziehende Nebel

Der Alte war schon vor einiger Zeit gegangen und wie lange Herr Bombelmann noch auf der Bank saß, merkte er nicht. In Gedanken versunken schaute er über den See, dessen Oberfläche im Sonnenlicht glitzerte, und ihm war, als würde er die Harfe gesehen haben. Die hohen Berge, die auf der anderen Seite das Tal begrenzten, spiegelten sich im klaren Wasser.
Das Ungeheuer, das im See wohnen sollte und von dem die Leute hier erzählten, war also gar kein Ungeheuer. Es war der Fürst, der in Nebelnächten auftauchte und für Schrecken sorgte.
Herr Bombelmann stand auf, um die Wanderung um den See fortzusetzen. Schließlich wollte er am Abend wieder im Hotel bei den anderen sein und ihnen von seiner außergewöhnlichen Begegnung berichten. Denn nach der Sache mit dem Höhlengeist waren sie mittlerweile erheblich aufgeschlossener, was seltsame und unerklärliche Ereignisse anging.
Während er lief, war es, als könne er den Blick nicht vom See wegnehmen. Immerzu starrte er auf

das Wasser und versuchte vergeblich, in der Tiefe die Spitzen der Türme zu erkennen – dies war schließlich nur in einer klaren Vollmondnacht möglich.

Als es bereits zu dämmern begann, war Herr Bombelmann gerade einmal zur Hälfte um den See gelaufen. Hatte er so lange mit dem Alten zusammengesessen?
Der Mond schob sich in voller Größe an den Himmel und es könnte vielleicht eine jener Nächte werden, in der …
Oh je, wenn nun auch noch Nebel aufkommen würde, während er um den See lief! Womöglich tauchte der Fürst auf und würde ihn für immer in die Tiefe ziehen!
Herr Bombelmann beschleunigte total beunruhigt sicherheitshalber seinen Schritt, um bald am Auto zu sein.
Unterdessen ließ das Wasser mit unheimlicher Ruhe geheimnisvolle, dicke Schwaden aus Nebel entstehen. Sie stiegen auf, zogen lautlos herüber und verteilten sich im ganzen Gebiet.
Herr Bombelmann begann zu rennen, voller Angst bewegten sich seine Beine schon fast automatisch. Tausende Gedanken schossen durch seinen Kopf und er stellte sich vor, wie der Fürst auftauchte.

Die Bilder seines grauenvollen Erlebnisses mit dem Wassermann mischten sich beständig dazwischen. Vielleicht würde es besser sein, die Wege zu verlassen und über die Wiesen durch das Gebüsch zum Parkplatz zu laufen. Nicht direkt am See entlang, wo, wenn es ihn denn überhaupt gab, der Fürst lauern könnte. Herr Bombelmann eilte schnurstracks den nächstbesten Hügel hinauf, um sich sicherer zu fühlen.
Er erreichte einen kleinen, dichten Wald, in den er hineinlief. Die Bäume würden ihm möglicherweise im Falle der Gefahr Schutz bieten. Finster war es hier, eigentlich eher unangenehm dunkel. Das Blätterdach schluckte das herabfallende Licht des vollen Mondes nahezu komplett und ließ die Nacht unfreundlich schwarz werden. Lautlos folgte der Nebel in die Dunkelheit, schlich den Hügel hinauf und schob sich schwer zwischen die Bäu-

me. Nun war außer weißen Nebelschwaden, die sich unaufhaltsam verdichteten, nichts mehr zu sehen. Nicht einmal von einem Baum zum anderen war es möglich, etwas zu erkennen...

Herr Bombelmann schritt langsam und vorsichtig weiter, denn er konnte nicht einmal genau erkennen, wohin er seine Füße setzte. Mal knackte ein Ast unter seinem Gewicht, mal blieb er an einem Strauch hängen, mal hielten ihn Dornen fest. Dennoch glaubte er, bald den Parkplatz und sein Auto erreicht zu haben. Weit konnte es nicht mehr sein.

Die Stille der Nacht wurde plötzlich auseinandergerissen: Pferde schnaubten und eine tiefe, bedrohliche Stimme ertönte: „Halt! Ich rieche Menschenfleisch. Unschuldiges Menschenfleisch. Riecht ihr es auch?“ Die Stimme war nicht sehr nah, aber auch nicht weit weg.

„Es kommt von dort drüben!“

Herr Bombelmann war zusammengezuckt. Hatte er vorher noch gehofft, auf Reiter zu treffen, die ihm den Weg weisen konnten, wollte er sich jetzt lieber versteckt halten. Was er gehört hatte, machte ihm nicht gerade Mut. Er kauerte sich hinter einen Busch und traute sich kaum zu atmen.

Wieder hörte er die Stimme: „Wir sollten uns beeilen, bevor der Fürst vor uns zuschlägt! Schnell, zum See!“

Das Rascheln von Blättern und das Umknicken von Ästen war zu hören, das Geräusch von Gewändern, die wie bei einem schnellen Ritt flatterten, das Atmen von Pferden, das leise Klirren des Pferdegeschirrs – aber nicht die Schritte selbst. Keine Pferdehufe, kein Getrappel.

Womöglich gab es hier Nebelreiter, die auf der Suche nach armen Opfern waren, nach Menschen, die sich im Nebel verspätet oder verirrt hatten, die noch nicht nach Hause aufgebrochen waren.

Erneut rief diese Stimme: „Haltet ein! Der Geruch von Menschenfleisch wird schwächer, es kommt nicht vom See! Zurück in den Wald, lasst uns dort suchen!“

Die Pferde wieherten und schrien, weil die Sporen schmerzten, die die Reiter in ihre Seiten drückten. Das metallene Geräusch von aus den Scheiden gezogenen Schwertern drang durch die Nacht, Herr Bombelmann zuckte in sich zusammen.

Der heftige Atem der geschwitzten Tiere war deutlich zu hören, fast gar zu spüren. Inzwischen war Herr Bombelmann weiter unter den Busch gekrochen, in sich zusammengekauert und verhielt sich ganz still. Die schreckliche Stimme durchschnitt

die dunkle Nacht: „Der Geruch hängt jetzt deutlich in meiner Nase, wir sind ganz nahe dran. Gleich haben wir das Menschlein!“
Trotz der Dunkelheit konnte Herr Bombelmann die Umrisse der Reiter und Pferde erkennen, denn sie hoben sich gegen den Nachthimmel ab und waren direkt bei ihm. Sieben Männer waren es, die auf den Köpfen Helme mit nach innen gebogenen Hörnern trugen. Einige von ihnen hielten lange, spitze Lanzen in der Hand, ihre Schwerter schienen selbst in der Dunkelheit der Nacht zu glänzen. Die durchweg schwarzen Pferde schwebten förmlich in der Luft und setzten lautlos ihre Schritte auf den dichten, weichen Nebel. Suchend ritten sie im Kreis um das dichte Buschwerk herum. Herr Bombelmann traute sich nicht, sich zu bewegen. Und er tat bestimmt gut daran.
„Ich rieche es ganz deutlich, so stark, dass ich es fast fühlen und schmecken kann!“, raunte die grässliche Stimme wieder los. „Durchlöchert das Buschwerk mit euren Lanzen, bestimmt werden wir dann auch bald das Menschlein aufgespießt haben!“
Eine andere Stimme meldete sich: „Wenn wir dabei aber unvorsichtig sind und den Nebel verletzen, werden wir möglicherweise für immer verschwunden sein. Das ist mir zu gewagt.“

„Du hast recht, Agomar, wir sollten vorsichtig sein. Unserem Nebel zu schaden, wäre sehr übel für uns. Was schlägst du also vor?“, fragte die bedrohlich grässliche Stimme.

„Bald wird der Mond höher stehen und so können wir im schwachen Schein seines Lichts besser sehen, wir sollten geduldig sein. In dieser Dunkelheit ist es viel schwieriger, etwas zu finden.“

„Eine gute Idee, Agomar, in wenigen Minuten sehen wir mehr. Dann wird das Menschenfleisch, das sich hier versteckt, uns gehören! Lasst uns das mit einer schnellen Runde um den See feiern, das hat immer Spaß gemacht! Los geht's!“

Die wenigen Geräusche, die Pferde und Reiter hinterließen, entfernten sich schnell und es war wieder gespenstisch still geworden. Sollte Herr Bombelmann mutig versuchen, dem Parkplatz einige Schritte näherzukommen? In dieser Dunkelheit? Was aber, wenn er stolperte und stürzte, irgendwo hängenblieb? Dann wäre er bestimmt eine leichte Beute der Nebelreiter. Doch wenn er aus lauter Angst gar nichts unternahm und hierblieb, wäre er ganz sicher verloren.

Entschlossen, mit allem Mut, den er aufbringen konnte, rannte er los.

Schon hörte er das erneute Schnauben der Pferde, die Männer waren zurück. Dass Nebelreiter schnell waren, war klar. Aber so schnell? In dieser Kürze der Zeit hätte man noch nicht einmal mit dem schnellsten Auto um den See fahren können.

Die unangenehme und mittlerweile bekannte Stimme durchschnitt erneut die Dunkelheit: „Das Menschlein bewegt sich, der Geruch hat sich verändert. Es ist aus seinem Versteck herausgekrochen und versucht zu flüchten. Was für ein Dummkopf!“, donnerte es durch den Nebel, „Schnell, gewiss ist es zum Parkplatz unterwegs.“

Für Herrn Bombelmann waren es nur noch wenige Meter, auf dem Parkplatz war er schon angekommen. Sollte er so kurz vor seinem Ziel doch noch zum Opfer der Nebelreiter werden?

Mit letzter Kraft erreichte er sein Auto, kramte mit zitternden Fingern seinen Schlüssel aus der Tasche und verfehlte das Türschloss. Aufgeregt und voller Angst kratzte er links und rechts davon herum, verfehlte es einige Male und es war, als habe jemand etwas hineingesteckt, um es zu blockieren.

Endlich verschwand der Schlüssel und rutschte hinein, Herr Bombelmann schloss auf, warf sich auf den Fahrersitz und knallte die Tür zu. Er war froh, bei seiner Ankunft das Verdeck geschlossen zu haben.

Geschafft – dachte er. Doch als er aus dem Fenster sah, blickte er auf sieben Reiter, die auf den Köpfen Helme mit nach innen gebogenen Hörnern trugen. Sie hatten ihn gefunden!

Lanzen und Schwerter in den Händen haltend umkreisten sie Furcht einflößend ständig das Auto. Scheinbar in der Luft schwebend starrten sie Herrn Bombelmann bedrohlich an.

Dessen Finger zitterten noch immer – wie der ganze Körper – und er versuchte, den Schlüssel ins Zündschloss zu bringen. Dieser fiel ihm aber aus der Hand und rutschte unter den Sitz.

Ob die Nebelreiter gleich versuchen würden, die Türen zu öffnen und ihn herauszuzerren? Würden sie es gleich zu Ende bringen? Welch grausames Spiel trieben sie hier? Wie lange sollte das noch gehen?

Herr Bombelmann öffnete das Fenster einen klitzekleinen Spalt: „Wer seid ihr?“, fragte er in die überraschten Gesichter. „Warum reitet ihr um mein Auto herum?“

Die grässliche Stimme antwortete: „Wir sind Nebelreiter und lieben Menschenfleisch. Einen solchen Schmaus wollen wir uns nicht entgehen lassen. Außerdem sorgen wir so dafür, dass die Menschen wieder über uns reden und die Furcht einflößenden Sagen von Wales für immer Bestand haben. Noch immer soll es ja Menschen geben, die an unserer Existenz zweifeln. Dumm, oder?"

Herr Bombelmann zuckte zusammen: „Nur damit die Sagen von Wales Bestand haben und die Menschen über euch reden, versetzt ihr sie in Angst und Schrecken und holt euch deren Leben?"

„Das ist unsere Bestimmung. Wer Angst davor hat, geholt zu werden, der wird bei Nebel zu Hause bleiben. Denn du solltest wissen: Wer sich in Gefahr begibt, kommt darin um."

Von dieser Warnung hatte Herr Bombelmann schon oft gehört, auch bevor er von den Nebelreitern bedroht wurde, aber er wollte noch etwas wissen: „Wie ist das mit dem Nebel? Ihr könnt ihn verletzen oder beschädigen? Es ist doch nur feuchte Luft!"

Die Nebelreiter waren zutiefst entrüstet:„So kann nur ein Unwissender reden, jemand, der keinen Respekt vor den Kräften der unheimlichen Mächte hat, einer, der niemals dieses tiefe Gefühl des Bösen empfand. Dieser Nebel ist unser Alles, ohne ihn sind wir nichts, können wir noch nicht einmal sein! Er gibt uns Schutz, weil man uns kaum sehen kann, er macht uns leise und unberechenbar. Er ist es, der uns gefährlich macht! Und da wir aus derselben Substanz gewoben sind, können wir ihn mit unseren Waffen auch verletzen!"

Herr Bombelmann ließ nicht locker: „Gibt es Nebelreiter auf der ganzen Welt oder nur hier in Wales?"

„Natürlich gibt es Nebelreiter auf der ganzen Welt. Alle zehn Jahre treffen wir uns und tauschen Erfahrungen aus. Bestimmt wird es bald einen geben, der berichten wird, wie man eure eisernen Kutschen knackt. Dann können wir sogar auf den Straßen Jagd auf euch machen. Das wird ein Schmaus!"

Der Nebelreiter zuckte zusammen. Was hatte er da gerade gesagt? Hatte er eben aus Versehen verraten, dass Menschen in den Autos vor ihm sicher waren?

Lächelnd erwiderte Herr Bombelmann in die erstaunten Gesichter: „Dann kann ich ja jetzt in aller Ruhe zurückfahren, ohne mich vor euch ängstigen zu müssen! Das ist gut. Übrigens reden Menschen nicht nur über schlechte Taten wie eure, sondern auch über gute Sachen, die jemand gemacht hat. Aber das ist ja nicht eure Bestimmung!", und er fügte hinzu: „Gewiss wird es für einige interessant sein, wenn ich erzähle, dass wir in unseren Autos sicher vor euch sind! Dann braucht euch in Zukunft kein Autofahrer mehr zu fürchten."

Jetzt kramte er seinen Autoschlüssel unter dem Sitz hervor und startete den Motor. Er dachte daran, wie oft es schon Unfälle im Nebel gegeben hatte, weil die Menschen trotz der schlechten Sicht zu schnell unterwegs waren. Möglicherweise deshalb, weil sie in diesen Nächten vor Nebelreitern flüchteten, die plötzlich bedrohlich an den Autos aufgetaucht waren!

Beruhigt, weil er es geschafft hatte, legte Herr Bombelmann den Gang ein, fuhr los und ließ die verdutzten Nebelreiter zunächst weit hinter sich auf dem Parkplatz zurück. Als er jedoch auf die Hauptstraße bog, da ritten sie schon wieder lautlos direkt hinter ihm.

Nach ein paar Kilometern löste sich der Nebel langsam auf, der Mond brachte seine Strahlen zur Erde und die Sterne funkelten tausendfach am Himmel. Gleichzeitig mit dem Nebel aber waren auch die seltsamen Reiter verschwunden.

Eine Nacht auf dem Parkplatz

Der Weg zurück zum Hotel war noch nicht einmal zur Hälfte geschafft, als sich die Müdigkeit ohne große vorherige Ankündigung schwer und unausweichlich aus dem Nachthimmel löste und ins kleine rote Auto Einzug hielt. Sicherheitshalber wollte Herr Bombelmann den nächsten Parkplatz ansteuern, denn während der Fahrt würde ein Nickerchen hinter dem Lenkrad schlimme Folgen haben.

Endlich ein Schild, das einen Parkplatz andeutete. Links ging er ab und ein Grünstreifen trennte ihn für ein kleines Stück von der Straße. Bäume und Büsche, die in außergewöhnlicher Dichte darauf wuchsen, machten somit das Auto für den fließenden Verkehr nahezu unsichtbar. Fast genau an der Einfahrt stand ein reichlich beschädigtes Auto, das gegen einen Baum gefahren und an der Front stark eingedrückt war.

Der Mond, der in dieser Nacht erstaunlich groß auf die Erde sah, schickte ein gleichmäßiges, schwaches Licht herunter. Es reichte, um Schatten auf den Boden zu projizieren und den Augen das Sehen zu ermöglichen.

Auch wenn es unwahrscheinlich war, dass in der Nacht jemand am Parkplatz vorbeikam, wollte Herr Bombelmann zur Sicherheit die Türen von innen verriegeln, wenn er den Sitz herunterdrehte und sich für eine Stunde oder zwei ausstreckte. Außerdem zog er den Zündschlüssel ab und steckte ihn in seine Hosentasche. Es sollte sich herausstellen, dass es gut war, dass er das alles tat …

Kaum hatte er die schon seit einiger Zeit vor Müdigkeit brennenden Augen geschlossen, war er tief und fest eingeschlafen. So merkte er nicht, dass es links von ihm leise raschelte und das Blattwerk der Büsche im Schutz der Dunkelheit auseinandergeschoben wurde. Kleine Kreaturen schlichen sich fast lautlos heran. Jede von ihnen war nur etwa so groß wie ein Füller und hätte von der Figur her ein kleiner Mensch sein können – was in dieser Größe natürlich unmöglich war. Die Ohren waren im Vergleich zu den kleinen Köpfen recht lang und spitz zulaufend, die großen Augen eher unfreundlich.

Es handelte sich um vier Kobolde, von denen man nicht wusste, was sie vorhatten. Diese kleinen Figuren waren nur in Ausnahmen von Menschen zu sehen: von Verrückten, denen sowieso niemand Glauben schenkte, von Kindern, die sich sehnlichst wünschten, einmal im Leben Kobolde zu sehen und von ganz wenigen Erwachsenen, die noch nie in ihrem Leben etwas Schlechtes im Sinn führten.

Wenn die Kobolde etwas anstellen wollten, so waren sie also nicht wirklich auf den Schutz der Dunkelheit angewiesen. Es sei denn, es handelte sich um gemeine Vorhaben und sie wollten nicht von den guten Kobolden gesehen und daran gehindert werden.

Als die Vier das Auto erreicht hatten, schleuderte einer von ihnen ein mitgebrachtes Seil, an dessen Ende ein einem Enterhaken ähnliches Ding befestigt war, und ließ es los. Es schoss gezielt nach oben und hängte sich in den Türgriff der Fahrerseite.

„Hüppijä, das war fantastisch! Gleich beim ersten Versuch, super!“, rief einer der Kobolde.

Stolz antwortete der, der das Seil geschwungen hatte: „Der Türgriff ist aber auch wie geschaffen dafür. Das war eine leichte Übung.“

Schnell kletterten zwei Kobolde das Seil bis zum Griff empor und schauten ins Auto.
„So ein Mist!“, schimpfte Hüppijä, „Der Kerl hat verriegelt. Proll, hast du eine Idee, wie wir da rein kommen können?“
„Nein, das habe ich nicht. Aber fragen wir doch Monti, der ist schließlich unser Superhirn.“
Schon rief Proll nach unten: „Monti?“
„Ja?“, kam die Antwort.
„Die Tür ist wohl verriegelt. Hast du eine Idee wie wir sie aufkriegen könnten?“
Monti dachte kurz nach: „Unter dem Griff müsste das Schloss sein. Versucht eines eurer Schwerter hineinzubringen und dreht daran. Sollte das nicht gehen, versucht es zu verbiegen und probiert es erneut! Falls auch das nicht hinhaut, zertrümmert mit der Eisenspitze des Hakens das Fenster und zieht den Verriegelungsknopf hoch.“ 
Die Schwerter, die die Kobolde bei sich trugen, waren eigentlich fünf Zentimeter lange Krawattennadeln und dienten zum Kampf gegen Ratten – denn Kobolde und Ratten führten schon seit

ewigen Zeiten Krieg gegeneinander und konnten sich nicht leiden. Warum, das wusste allerdings auf beiden Seiten niemand mehr. Außerdem hatten Hüppijä und Proll als Waffen jeder eine Armbrust dabei, deren Pfeile Nadeln waren.

Schon rutschte ein Schwert ins Schloss, Hüppijä und Proll drehten gemeinsam mit aller Kraft daran und Monti und Schack beobachteten von unten das Treiben.

„Wir haben Widerstand“, riefen Proll und Hüppijä, „vielleicht ist das schon …“. Der Knopf der Verriegelung sprang auf der Innenseite der Fahrertür hoch. Normalerweise wäre Herr Bombelmann durch das Geräusch aufgewacht, aber er schlief momentan zu fest.

Proll hielt sich mit der rechten Hand am Griff fest, den linken Arm streckte er nach unten aus und hob den Daumen: „Es ist auf!“, meldete er. Schon hatte Monti das Seil ergriffen und hangelte sich nach oben, gefolgt von Schack. Zu viert saßen sie auf dem Türgriff und beratschlagten die nächsten Schritte.

Monti sah die anderen an: „Wir machen es wie immer. Du, Schack, gehst ans Gaspedal, Hüppijä, du bist der Bremser, Proll übernimmt die Kupplung und ich das Lenkrad. Hoffentlich kommen wir diesmal weiter als vorhin.“ Damit deutete er

auf das Auto an der Einfahrt des Parkplatzes und fügte hinzu: „Also, los geht's!“
Mit aller Kraft zogen sie am Türgriff, der sich nur wenige Millimeter bewegte.
„Verdammt!“, schimpfte Schack, „Das Ding sitzt aber fest! Wir sollten alle zur gleichen Zeit ziehen. Achtung: und eins und zwei und drei!“
Mit der Kraft von vier Kobolden und einem Ruck sprang die Tür auf. Allerdings passierten nun zwei Dinge, die die Winzlinge nicht erwartet hatten:
Die Tür schwenkte enorm weit auf und somit waren sie vom Einstieg ins Auto weiter entfernt als sie dachten, denn sie hingen baumelnd am Türgriff.
Außerdem wurde Herr Bombelmann, den sie nicht im Auto hatten liegen sehen, durch das Geräusch der aufspringenden Tür und den eintretenden Luftzug geweckt und sah überrascht nach draußen.
„Was war das?“, fragte dieser irritiert in die Nacht, die Dank des Mondlichts nicht vollends schwarz war. „Die Tür hatte ich doch verriegelt! Was geht denn hier schon wieder vor sich?“
Ängstlich sah er aus dem Auto, konnte aber nichts Auffälliges entdecken. Als er die Tür mit einem Schwung zuzog, machte sie andere Geräu-

sche als sonst, dumpf schepperte sie viermal kurz nach. Der Verriegelungsknopf ließ sich nicht herunterdrücken, obwohl die Tür richtig geschlossen war.

Herr Bombelmann richtete den Fahrersitz wieder auf und sah nach draußen. Wie zufällig fiel sein Blick dabei auf den Türgriff – und die Kobolde, die zappelnd daran hingen. ER konnte sie sehen!

„Wer seid ihr denn?", rief er in die Nacht und öffnete das Fenster.

„Welch selten blöde Frage!", rief Proll zurück. „Wir baumeln hilflos hier rum, drohen abzustürzen und du willst unsere Namen wissen! Hilf uns lieber!"

Herr Bombelmann kniff die Augen zusammen: „Eigentlich wollte ich eher wissen was ihr seid und weniger wie ihr heißt. Wartet, ich nehme euch erst mal da runter."

Die Kobolde hatten keine Angst, denn sie wussten, dass sie nur für gute Menschen sichtbar waren. Herr Bombelmann nahm einen nach dem anderen vom Türgriff, stellte sie auf dem Beifahrersitz ab und bückte sich zu ihnen hinunter. „Also was ist? Wer oder was seid ihr?"

Monti ergriff das Wort: „Wir sind Kobolde, das siehst du doch! Oder dachtest du, wir seien Enten?"

Herr Bombelmann lächelte: „Na, ihr seid aber recht frech, was? Meint ihr nicht, ihr solltet etwas netter sein?“

Schack sprang mit einem großen Satz auf den Fahrersitz, rannte nach vorne zum Rand und wollte hinunterspringen, um seine Position am Gaspedal einzunehmen. Als Herr Bombelmann nach ihm griff, zückte Schack sein Schwert und stach zu.

„Auaa!“, rief Herr Bombelmann und sah auf seine blutende Hand. „Was soll das denn gewesen sein?“

Proll und Hüppijä nutzten die Gelegenheit der Ablenkung und verschwanden ebenfalls, nur Monti war noch übrig.

Herr Bombelmann fragte ihn: „Was habt ihr vor?“

Monti grinste und seine Augen bekamen ein seltsames, nicht zu erklärendes Funkeln: „Wir werden eine kleine Spritztour mit deinem Auto machen. Das bereitet uns viel Freude. Also hau ab!“

Nun zog auch er sein Schwert und fuchtelte mutig und wild damit herum. Hüppijä hatte von unten seine Armbrust angelegt und ließ die erste Nadel durch die Nacht fliegen. Sie traf Herrn Bombelmann in die linke Wange. Kurz danach der zwei-

te Einstich, diesmal auf der Nase. Sicherheitshalber wollte Herr Bombelmann den Kopf aus dem Auto nehmen, denn so ein Schuss konnte auch ins Auge gehen. 
Die Kobolde jubelten, Monti sprang ans Lenkrad und rief: „Proll, Kupplung treten!“
„Kupplung getreten!“, schallte es zurück.
„Schack, Gas geben, lasst uns starten! Wo ist der Schlüssel?“
Schack drückte das Gaspedal bis zum Anschlag nach unten, Proll hielt die Kupplung fest, doch ohne Schlüssel konnten sie sich das auch sparen.
In der Zwischenzeit hatte Herr Bombelmann die Nadeln aus Wange und Nase gezogen und hielt sie in der Hand. Kleine Bluttropfen quollen aus den Einstichstellen und er tupfte sie mit einem Papiertaschentuch ab.  
Monti rief: „Aktion abbrechen, heute ist nicht unsere Nacht. Erst die unglaublich kurze Fahrt vorhin bis zum Baum und jetzt das. Außerdem wird es sowieso bald hell. Vielleicht haben wir das nächste Mal wieder mehr Glück.“

Schnell sprangen die vier Kobolde aus dem Auto und verschwanden im Schatten des dunklen Gestrüpps unter den Büschen. Hierhin fiel noch nicht einmal das Licht des Mondes.
Herr Bombelmann, der nach diesem Erlebnis nicht mehr schläfrig war, hatte sich Kobolde immer anders vorgestellt. Nett und freundlich, hilfsbereit und entgegenkommend.
Was sie eigentlich auch waren. Die zumindest, die in der Nacht schliefen und den Tag nutzten.
Er dachte noch ein wenig über Kobolde nach. Es war das erste Mal, dass er welchen begegnet war. Und während er so dasaß und nachdachte, glaubte er vor langer Zeit einmal gelesen zu haben, dass es dort, wo Kobolde waren, manchmal auch Feen und Elfen geben sollte.
Die Sonne färbte den Horizont, schob sich gleichmäßig langsam an den Himmel und löste die Dunkelheit auf. Ein neuer Tag in Wales begann …

Die geheimen Felsen im Wald

Noch war es recht frisch draußen, der Atem brachte Dampf hervor und die Spinnweben, die vom Tau benetzt waren, glitzerten in den ersten durchbrechenden Sonnenstrahlen. Vorsichtig schritt Herr Bombelmann in den Wald und fragte sich, wohin die Kobolde gegangen sein konnten.

Neugierig und mit einer hoffnungsvollen Spannung hielt er seine Augen rechts und links des Weges, den er nahm. Genaugenommen war es gar kein Weg, er lief einfach so in den Wald hinein …

Die kühle Luft war angenehm und duftete nach einer Mischung aus Tannennadeln, Farnen, Mosen und Waldkräutern. Wenngleich sich die Sonnenstrahlen mühten und anstrengten, durch die kräftigen und dichten Baumwipfel kamen sie nicht bis auf den Waldboden.

Mit einem leisen „Zisch" segelte ein Kobold an Herrn Bombelmann vorbei, gefolgt von einem zweiten und dritten „Zisch". Die Winzlinge saßen auf kleinen, selbst gebauten Segelflugzeugen mit einem Gestell aus Fichte. Die Flügeln bestanden aus Marienseide und gewobenem Seedunst der Johannisnacht – für die normalen menschlichen Augen genauso unsichtbar wie die Kobolde selbst. Herr Bombelmann verfolgte sie mit seinem Blick und sah, dass sie in hohem Tempo zielsicher und geübt in eine Felsspalte glitten und verschwanden. Es waren seltsame Felsen, nackt, kahl und kalt.

Grau ragten sie ihm entgegen und standen oder lagen scheinbar einfach so, völlig ausdruckslos, herum.

Wieder dieses „Zisch", ein Kobold folgte dem anderen und alle steuerten auf diese Spalte zu. Doch was war das? Ein kleiner Gleiter mit einem defekten, herunterhängenden Flügel schoss mit unglaublicher Geschwindigkeit trudelnd an Herrn Bombelmann und den Kobolden vorbei. Der kleine Pilot, der darauf saß, versuchte mit aller Macht das Tempo zu verringern und das nicht mehr steuerbare Fluggerät stabil zu bekommen. Im nächsten Augenblick aber zerschellte der Eigenbau am Felsen, der Kobold wurde dagegen geschleudert und noch bevor er den Erdboden berühren konnte, war er verschwunden, hatte sich aufgelöst und war weg. Das Flugzeug selbst war so stark zerborsten, dass nichts mehr an seinen ursprünglichen Zweck erinnerte.

Herr Bombelmann rannte die wenigen Schritte hinüber und wollte helfen, doch als er an der Unglücksstelle stand und suchte, konnte er keine Anzeichen eines Flugunfalls erkennen.

Der Wald war still und schwieg. Kein Laut war zu hören, kein Vogel zwitscherte, kein Hirsch röhrte, kein Wildschwein grunzte, kein Blatt raschelte. Absolute Stille.

Herr Bombelmann ging auf den Spalt zu und wollte sich hineinzwängen. Wenngleich es sehr eng aussah, schob sich der Fels nun ohne jegliche Berührung auseinander, gerade weit genug, um bequem hindurchzuschreiten. Nach vier oder fünf Metern gab er sieben Treppenstufen frei, die nach unten in einen Fahrstuhl aus

Fels führten. Kaum war Herr Bombelmann eingetreten, setzte sich dieser langsam und gleichmäßig, ohne das geringste Rucken, ohne Motorgeräusch, in Bewegung. Genauso sanft wie er gestartet war stoppte er ungefähr zwei Minuten später in der Tiefe. Herr Bombelmann stieg aus und stand in einem unbekannten Land, der Aufzug jedoch verschwand lautlos nach oben.

Die Sonne schien, ein kristallklarer Bach schlängelte sich durch die saftig grüne Wiese, auf der überall die buntesten Frühlings-, Sommer- und Herbstblumen leuchteten. Die kräftigen Bäume trugen reichlich Obst und Blüte gleichzeitig, und Vögel sangen unterschiedliche Lieder. Es war, als gäbe es an diesem Ort keine Sorge und keine Angst, kein Unglück und keine Tränen, keine Hast und keine Zeit. Auch hier flogen Kobolde mit Gleitflugzeugen der Marke „Eigenbau" durch die Lüfte, übten sich in der Flugkunst und jeder hatte seinen eigenen Wind dafür zur Verfügung.

Auf einem Pferd, das leuchtend weiß war wie der frisch gefallene Schnee, an dessen Mähne kleine Glöckchen hingen und die zauberhaftesten Melodien spielten, ritt eine zierliche Frau mit schier unvergleichlicher Ausstrahlung auf Herrn Bombelmann zu. Sie hatte dunkles Haar, grünbraune, ehrliche, tiefe Augen und ihr Lächeln strahlte eine

wohlige Wärme aus, wie sie selbst der beste Kamin nicht zustande gebracht hätte. Mit sanfter, weicher Stimme sprach sie: „Fremder, du bist an einem Ort, an dem du niemals sein dürftest und der für normale sterbliche Seelen verboten ist. Doch will ich nicht von dir wissen, woher du kommst, wie du zu uns gefunden hast und was dich führt oder leitet – es sei denn, du möchtest bleiben für alle Zeit."

Herr Bombelmann schüttelte vorsichtig den Kopf: „Für immer möchte ich nicht bleiben, dann kann ich ja niemandem mehr helfen. Gewiss mag es bei euch schön sein und lustig, aber das ist es bei mir zu Hause auch. Ich bin übrigens Herr Bombelmann, einfach nur Herr Bombelmann."

Die Frau lächelte noch immer, und es war ein freundliches Lächeln: „Du bist in Anderland, dem Land der Feen, Elfen und guten Kobolde. Ich bin die Königin der Feen. Bei uns gibt es das ewige Glück, das du auf Erden niemals finden wirst."

„Das hört sich verlockend und gut an", antwortete Herr Bombelmann, „dennoch möchte ich nur kurz bleiben und bald wieder gehen."

„Dann", antwortete die Feenkönigin, „darfst du nie erzählen, wo du warst. Anderland ist ein geheimer Ort, von dessen Existenz niemand erfahren soll. Falls du dennoch darüber sprichst, wirst

du dich sofort auflösen und zusammenfallen zu Staub. Denke immer daran."
„Wäre das dann so wie bei dem Kobold, der mit seinem Flugzeug verunglückt ist?", wollte Herr Bombelmann wissen.
Erstaunt fragte die Feenkönigin: „Du kannst Kobolde sehen?"
„Ja, dich sehe ich ja auch."
Nun lachte die Feenkönigin: „Natürlich kannst du mich sehen, ich habe mich für dich schließlich sichtbar gemacht. Mich kann jeder sehen, von dem ich es möchte. Weil ich mit dir reden wollte, solltest du mich sehen können."
Herr Bombelmann antwortete noch einmal: „Ja, ich kann Kobolde sehen. Letzte Nacht wurde ich während der Fahrt sehr müde und da habe ich …"
So erzählte er die ganze Geschichte, an deren Ende er wieder fragte: „Mir wird es genauso gehen wie dem armen Flieger bei seinem Unfall?"
„Nein", antwortete die Feenkönigin, „von Kobolden bleibt nicht einmal Staub, wenn sie sterben, von dir schon – wenngleich ihn der Wind auseinandertragen wird. Also rede nicht darüber, dass du hier gewesen bist."
Sie griff den Zügel und drehte ihr Pferd, das so leuchtend weiß war wie der frisch gefallene Schnee. „Falls du möchtest, darfst du bleiben

solange du willst. Du bist mein Gast in Anderland. Möchtest du gehen, brauchst du dich nicht zu verabschieden. Schließe deine Augen, drehe dich dreimal im Kreis von Norden über Osten nach Süden, wünsche dich dabei innig zurück und du wirst in dem Wald stehen, aus dem du gekommen bist."

Gemächlich drehte das Pferd ab und es gab keine elegantere Erscheinung als die Feenkönigin, deren dunkles Haar im Wind wehte und einen verlockenden Duft verströmte.

„Danke", rief Herr Bombelmann ihr freudig nach und ihm war, als würde sie lächeln. Doch das konnte er nur erahnen, erkennen nicht – denn er sah sie nur von hinten.

In diesem Augenblick waren sie und das Pferd so plötzlich wie eine Seifenblase verschwunden. Stattdessen schwebte etwas Kleines, einer Puppe gleiches, durch die Luft. Die scheinbar durchsichtigen Flügel vibrierten in ungeheurer Geschwindigkeit ohne jegliches Geräusch. Auf dem blonden, fast goldenen Haar saß eine edle Krone fest auf dem Kopf. Große blaue, warme Augen sahen Herrn Bombelmann an. Viele kleine, glänzende Sterne bildeten sich zur sanften, kaum hör-

baren, unbekannten und doch vertrauten Melodie einer Harfe und lösten sich sogleich wieder auf. Es war die Feenkönigin, die sich gerade für das menschliche Auge sichtbar gemacht hatte. In der Hand hielt sie einen feinen gläsernen Stab, mit dem sie lächelnd Kreise in die Sonnenstrahlen zeichnete. Dabei sammelte sie von den kleinen, glänzenden Sternen und schleuderte sie lächelnd mit einer sanften Bewegung auf Herrn Bombelmann. Es war, als würden die Sterne in ihn eindringen und erzeugten ein wohliges Gefühl von Geborgenheit und Wärme. Er war willkommen in Anderland und es sollte ihm gut ergehen. 
Wie in einem Märchen standen zwischen Bäumen und auf manchen Wiesen weiße, pferdeähnliche, sehr edel wirkende, ihm nur aus Fabeln bekannte Tiere mit blauen Augen und einem mittig auf der Stirn gewundenen Horn.
Es gab sie also doch, die Einhörner, die als ausgestorben galten! Hier in Anderland hatten sie nichts zu befürchten, hatten keine Feinde und es ging ihnen gut. Als sie vor vielen, vielen Jahren in der normalen Welt lebten, wurden sie von den Menschen wegen des wertvollen Horns gejagt und bis auf das letzte Stück geschossen. Schade, denn diese

Tiere waren ausgesprochen schön, fand Herr Bombelmann, und es wäre toll gewesen, gäbe es sie heute noch.

Die Elfen schwebten mit ihren zarten Flügeln über die Wiesen, sangen liebliche Lieder und tupften hier und da Sterne auf die leuchtend blühenden Blumen. Sie waren den Kobolden Vorbilder gewesen für deren Flugzeugbau, denn immer hatten sich diese gewünscht, genauso fliegen zu können. Nun war es fast geschafft und hier in Anderland hatten sie sogar ihren eigenen Wind dafür.

Wohin Herr Bombelmann blickte, wohin er kam, überall sah er Freude und Glück. Egal welches Obst er sich pflückte, es schmeckte unvergleichlich gut und erfrischend und er hätte gerne davon mitgenommen. Das Wasser, das in dem klaren Bach floss, schmeckte rein und verlieh spürbare Kraft. Herr Bombelmann fühlte sich jung wie ein Kind und sprang übermütig über die Wiesen, tanzte dabei und war froh, dass ihn niemand sehen konnte.

Am liebsten wäre er noch geblieben, doch war es zum Hotel ein gutes Stück zu fahren und er woll-

te nicht eine weitere Nacht fortbleiben. Womöglich würden sie sich dort Sorgen machen.
Herr Bombelmann nahm seinen Kompass zur Hand, schaute, wo Norden war, schloss die Augen, drehte sich dreimal um sich selbst über Osten nach Süden und wünschte sich von ganzem Herzen zurück in die reale Welt.
Als er die Augen öffnete, stand er irgendwo im Wald, der direkt an den Parkplatz grenzte. Es war kühler hier, die Luft bei Weitem nicht so klar und die Farben leuchteten nicht wie in Anderland. Für einen Moment hatte er den Eindruck, es sei alles irgendwie bedrückend und trostlos. Und das, obwohl er inmitten der Natur stand, unberührt von Menschenhand.
Nach wenigen Minuten hatte Herr Bombelmann den Parkplatz erreicht und stieg in sein Auto, das nicht verriegelt war. Denn das hatte er vergessen, als er nach der Begegnung mit den Kobolden in den Wald lief.
Das kleine Schwert, das noch von außen im Schloss steckte, bemerkte er auch jetzt nicht. Gemütlich und ohne weiteren Zwischenfall kam er im Hotel an, wo ihn Mr. Letterbox emp-

fing: „Herr Bombelmann, wo waren Sie die ganze Zeit? Wir haben schon nach Ihnen gesucht!"
Herr Bombelmann antwortete: „Wegen einer Nacht? Da muss man doch nicht gleich suchen!"
John Letterbox sah ihn durchdringend, aber mit einem Lächeln auf den Lippen an: „Herr Bombelmann, sie waren fast eine Woche fort. Die Herren Kappes und Zeiger sind am vergangenen Wochenende abgereist, Frau Motzkuss verlässt uns heute und dann wird nur noch Ignaz da sein."
Darauf wusste Herr Bombelmann nichts zu sagen. Zu gerne hätte er John von seinen Erlebnissen mit den Kobolden oder von Anderland erzählt, aber er tat es nicht. Noch nicht einmal von seiner Wanderung am See oder den Nebelreitern erwähnte er ein Wort. Alles, was er in Gedanken versunken herausbrachte war: „Bisher hatte ich eine aufregende, aber schöne Zeit bei Ihnen, Mr. Letterbox. Nun gehe ich mein Auto verriegeln und mache mich anschließend auf dem Zimmer frisch. Was gibt es heute zu essen?", fragte er noch.
„Sie können frei wählen, ich war gerade erst zum Einkaufen in der Stadt, wie jeden Mittwoch."
Wenigstens wusste Herr Bombelmann jetzt, welcher Tag heute war.
Er ging noch kurz nach draußen und schloss sein Auto ab. Dabei entdeckte er die verbogene Kra-

wattennadel im Schloss der Fahrertür und wusste nicht, dass sie das Schwert des Kobolds Hüppijä gewesen ist. Sonst hätte er sie bestimmt nicht achtlos in die Mülltonne entsorgt.

John Letterbox aber ahnte, was mit Herrn Bombelmann geschehen war. Schließlich war er in Wales zu Hause und wusste, dass die Zeit in Anderland viel langsamer verging als überall sonst auf der Welt. Wenn Herr Bombelmann dachte, nur eine Stunde dort gewesen zu sein, waren es bereits einige Tage.

Woher John das wusste? Unvorsichtige Menschen hatten die Worte der Feenkönigin angezweifelt und von ihrem zufälligen oder weniger zufälligen Besuch in Anderland angefangen zu erzählen oder schriftlich zu berichten. Auf der Stelle aber war von diesen Menschen außer Staub, den der Wind in alle Richtungen verteilte, nichts übriggeblieben.

So kam es, dass niemand wusste, wo Anderland genau zu finden war.

Gerne hätte John mehr von Herrn Bombelmann erfahren, doch wollte er nicht danach fragen. Aus gutem Grund …

Der Einsiedel

Noch immer verwundert und ratlos, weil die kurze Zeit in Anderland, von der Herr Bombelmann glaubte, es sei eine Stunde gewesen, doch mehrere Tage waren, wollte er alleine sein. Nur heute und morgen hatte er noch in Wales, bevor er nach Hause fahren würde. Und es war an der Zeit, sich endlich zu erholen, denn dafür war Urlaub eigentlich gedacht.
Wie üblich, wenn Herr Bombelmann zu einer Wanderung aufbrach, hatte er für ausreichend Essen und Trinken in seinem Rucksack gesorgt.
Der Weg an der Straße entlang war ihm nicht das Richtige, um Stille für seine Gedanken zu haben. Also bog er von der Hauptstraße ab und verschwand im Wald. Nun, da er schon recht lange unterwegs war, wurde er jäh aus seinen Gedanken gerissen. Es knackte nicht weit von ihm im Unterholz.
Den Oberkörper nach vorne gebeugt, gerade so, als könne er dadurch mehr sehen, blickte er in die Richtung des Geräuschs. Es war ihm, als habe er etwas Stoff gesehen, doch sicher war er nicht. Er wollte vorsichtiger sein. Alleine im Wald, fernab von Straßen und Häusern, würde ihn niemand hören, wenn er Hilfe bräuchte.

Seine Sinne geschärft, setzte er vorsichtig einen Schritt vor den anderen. Mit den Augen ständig nach rechts und links Ausschau haltend, ging er mutig auf die Stelle zu, an der er etwas wahrgenommen zu haben glaubte.

Vielleicht hatte er sich getäuscht und es war nichts. Möglicherweise waren die letzten Tage nicht spurlos an ihm vorübergegangen und er bildete sich Dinge ein, die es gar nicht gab.

Plötzlich, ohne Schritte, ohne Knacken von Ästen oder Rascheln von Laub zu hören, glaubte er wieder den wehenden Saum eines Umhangs erkannt zu haben. Seitlich bewegte er sich fort, gerade so, als wolle er Herrn Bombelmann einkreisen.

„Hey, was machen Sie hier?“, rief dieser in die Tiefe des Waldes.

Doch eine Antwort erhielt er nicht. Stattdessen bildete er sich ein, graue Haare gesehen zu haben, die hinter Bäumen entlang hasteten und wieder verschwanden.

Herr Bombelmann veränderte seine Richtung und wollte sich dem vermeintlich Gesehenen auf kürzestem Wege nähern.

Ohne eine Warnung, ohne ein Anzeichen von Gefahr, in jeglicher Geräuschlosigkeit wurde er plötzlich umgerissen auf den Waldboden und starrte in eine unwirkliche Dunkelheit. Jemand hielt ihm die Augen zu.

„Mr. Letterbox?“, fragte Herr Bombelmann, „Ignaz?“

Keine Antwort, kein Laut, kein Atem. Aber es hielt ihn jemand, drückte ihn auf den Waldboden und verbarg ihm die Augen.

„Das ist nicht wirklich lustig“, brachte Herr Bombelmann hervor, „damit macht man keine Scherze.“

Der Druck auf ihn wurde größer, er wurde auf den Bauch geschleudert und fühlte sich im nächsten Moment wieder frei. Vorsichtig blickte er sich um, sah aber nichts. Langsam, als könne gleich etwas passieren, erhob sich Herr Bombelmann und stand auf.

„Fremder“, sprach ihn eine unbekannte Stimme an, „ich hoffe, du hast eine gute Erklärung dafür, weshalb du in meinen Wald eingedrungen bist.“

Herr Bombelmann sah sich um, konnte aber niemanden entdecken. „Ich wollte nachdenken“, stammelte er unsicher, „die letzten Tage waren sehr aufregend für mich und ich habe unwirkliche Dinge erlebt – so wie jetzt. Deshalb bin ich in den Wald gegangen, habe mich meinen Gedanken hingegeben und bin einfach nur gelaufen. Ich weiß noch nicht einmal wie weit, aber mein Kompass wird mir wieder heraushelfen.“

„Fremder“, erklang die Stimme erneut, „dies ist mein Wald und noch nie hat es jemand gewagt, mich zu besuchen. Allerdings weiß auch niemand von meiner Existenz.“

Herr Bombelmann, der noch immer keine Menschenseele sehen konnte, wollte nun wissen: „Wenn von dir niemand weiß, wer und wo bist du dann?“

„Fremder, ich bin ein Einsiedel. Ein Mann, der für den Rest seines Lebens alleine sein wollte. Und ich bin hier. Siehst du mich nicht?“

„Nein“, antwortete Herr Bombelmann wahrheitsgemäß, denn er sah wirklich niemanden. „Wo bist du? Warum zeigst du dich nicht?“

Die fremde Stimme klang nun etwas freundlicher: „Ich stehe kaum einen Meter von dir entfernt und spüre sogar deinen Atem. Um es dir zu erleichtern: Ich bin nicht unsichtbar, ich habe lediglich im

Laufe der Jahre eine perfekte Tarnung erlernt. Schließlich muss ich mich vor wilden Tieren in Acht nehmen, wenn ich überleben möchte."
„Wilde Tiere?", fragte Herr Bombelmann irritiert, „Hier soll es wilde Tiere geben?"
Mit Nachdruck und leicht zischend raunte ihn die fremde Stimme an: „Waaas? Zweifelst du an meinen Worten, Fremder?"
„Na ja", antwortete Herr Bombelmann, „für wilde und gefährliche Tiere sind die Wälder von Wales nicht unbedingt bekannt."
„Sind Drachen keine wilden Tiere? Feuer speiende, Unglück bringende Drachen? Oder Sheeps! Die gefährlichsten und wildesten Tiere überhaupt!"
Herr Bombelmann wollte wissen: „Wie groß sind deine Drachen, vor denen du dich versteckst? Und die Sheeps, kannst du sie mir beschreiben?"
„Wie groß die Drachen sind? Sehr, seeeehr groß natürlich. Oder hast du schon einmal einen kleinen Drachen gesehen? Ich nicht!"

Herr Bombelmann wusste nicht, ob er jetzt lachen sollte. Denn danach war ihm momentan zumute: „Nein, ich habe noch keinen kleinen Drachen gesehen. Aber auch noch keinen großen. Du etwa?"
„Nein, einen großen habe ich auch noch nicht gesehen. Aber das ist gut so. Vielleicht hätte er mich sonst gegrillt, geröstet oder sonst was!"
„Und die Sheeps?", wollte Herr Bombelmann nun wissen.
Die Stimme klang ängstlich: „Auch diese habe ich noch nicht gesehen. Aber sie sollen ein helles Fell haben, das sich kräuselt, fast einen Meter hoch sein und Furcht erregend schreien. Es soll sein, als würde ihre Stimme zittern, so gewaltig ist sie."
„Was sollten diese gefährlichen Tiere in deinem Wald, wenn sie nicht einmal wissen, dass du hier bist?", versuchte Herr Bombelmann zu beruhigen. „Und tu mir den Gefallen und zeige dich, ich möchte dich sehen, wenn wir uns unterhalten."
Es raschelte hinter ihm und die Stimme sagte: „Dreh dich einfach um, ich bin hinter dir."
Eine schmale, hagere Gestalt, die an einen Schiffbrüchigen erinnerte, der viele Monate oder gar Jahre alleine auf einer einsamen Insel verbracht hatte, stand im Unterholz. Sie hatte graue, bis über die Schultern hängende, ungepflegte Haare und

einen dazu passenden, langen Bart, der bis auf die Brust reichte. Die undefinierbare, übergestülpte Kleidung, von der man nicht wusste, aus was sie bestand, wurde um den Bauch, der eigentlich gar keiner war, von einem geknoteten Seil gehalten.
Herr Bombelmann atmete durch: „Du hast mich vielleicht erschreckt!“
Der Unbekannte rührte sich nicht: „Erschreckt hast du mich auch!“
„Du siehst so aus, als wärest du schon länger hier“, begann Herr Bombelmann, „ein Teil des Waldes, oder?“
Der Unbekannte stellte sich aufrechter als zuvor, indem er seinen Rücken gerade durchstreckte und das Kinn hob. Sein rechtes Auge kniff er ein wenig zusammen: „Ja, schon länger. Und ich denke, ich bin mittlerweile ein Teil des Waldes. Er ernährt mich, gibt mir Schutz und Geborgenheit. Er hat mich noch nie enttäuscht, war immer ehrlich zu mir, hat mir meinen Besitz gelassen und mir nie etwas genommen.“
„Wie lange lebst du schon alleine hier?“
„Das kann ich nicht genau sagen“, antwortete der Einsiedel, „vielleicht zehn, zwanzig, fünfzig, vielleicht aber auch hundert Jahre.“
Langsam stieg in Herrn Bombelmann das Gefühl auf, der Kerl sei ein bisschen plemplem. Zuerst

die Sache mit den Drachen und den Sheeps, jetzt das.
Sollte es wirklich Drachen geben, so würden diese bestimmt nicht in einem so dichten Wald wohnen, denn sie würden sich dauernd an den Bäumen stoßen und kaum laufen können. Falls sie niesen müssten, würden die Bäume sofort lichterloh brennen. Drachen? Nein, das war unmöglich.
Was war mit den Sheeps, den wildesten Tieren von Wales? Der Beschreibung nach handelte es sich um ganz normale Schafe. Die hatten ein helles, gekräuseltes Fell, waren keinen Meter hoch und ihre Stimme zitterte. Außerdem waren Schafe in England und Wales „Sheeps".

Und es wäre darüber schon zu lesen gewesen, falls es in diesem Land wilde Tiere gegeben hätte. Denn aus Büchern konnte man viel lernen.
Herr Bombelmann nickte anerkennend: „Vielleicht schon hundert Jahre? Das ist erstaunlich!"
„Das Letzte, was ich mitbekommen habe, war, dass König Artus in einer Schlacht schwer verwundet und auf die Insel Avalon gebracht wurde. Darüber habe ich mich bei Merlin, dem Zauberer noch beschwert. Eigentlich hätte der König unver-

wundbar sein müssen mit seinem Schwert Excalibur, das er von der Herrin vom See erhalten hatte. Doch seine eigene Schwester hatte ihn bestohlen, die Schwertscheide, die ihn stark machte, versteckt und er musste ohne diesen Zauber in die Schlacht ziehen. Mit einer solchen Frau wollte und konnte ich nicht auf einem Hof bleiben und bin aus lauter Kummer in den Wald gerannt. Vielleicht sind es auch erst fünf Jahre, ich weiß es nicht."

Jetzt stockte Herrn Bombelmann der Atem und er begann, an seinem eigenen Verstand zu zweifeln. Noch verrückter ging es kaum! König Artus – das war vor 1.500 Jahren. Damals soll es tatsächlich einen gegeben haben, der in den Wald gerannt ist, weil der König verwundet wurde. Es war der Barde Myrddin. Aber dann müsste der Mann, der ihm gegenüberstand, schon weit über tausend Jahre alt sein. Das konnte es nicht geben.

Herr Bombelmann zeigte auf seinen Rucksack und forderte den Fremden auf: „Komm, lass uns setzen und etwas essen, ich habe ausreichend für uns beide dabei. Dann kannst du mir erzählen, wie es dazu kam, dass du alleine im Wald lebst."

An Ort und Stelle setzten sie sich auf den Waldboden und Herr Bombelmann packte die leckeren Sachen aus. Beim Anblick des leuchtend roten, frischen, saftigen Apfels glänzten die Augen des Unbekannten und er starrte die Frucht an, als wolle er sie hypnotisieren.

Hatte nicht bei Myrddin damals, als er in den Wald kam, ein mysteriöser Apfelbaum eine wichtige Rolle gespielt?

Herr Bombelmann kramte in seinem Kopf, um die richtigen Zusammenhänge hinzubekommen, sagte aber zwischendurch: „Den kannst du dir nehmen, wenn du möchtest. Er schmeckt gut."

Der Einsiedel stand auf, streckte den rechten Arm aus, griff die Hand von Herrn Bombelmann und war ganz gerührt: „Danke. Seit mein Apfelbaum im Wald gestorben ist, habe ich nicht mehr eine solche Frucht genossen. Es ist wie damals." Er setzte sich wieder, blickte in den Wald und Tränen rannen vor Glück aus seinen Augen in den ungepflegten, struppigen, grauen Bart.

So saßen sie da und erzählten und es stellte sich heraus, dass der Einsiedel vor nichts mehr Furcht hatte als vor wilden Tieren – die ihn zum Glück bis heute verschont hatten – und dass es sich tatsächlich um Myrddin handelte, den Barden, den Sänger, einen Freund von König Artus und Merlin, dem Druiden.

Den Überlieferungen zufolge, die Myrddin natürlich nicht kannte, soll er bei der Schlacht den Verstand verloren haben. Daraufhin war er in den Wald gerannt und hatte fortan dort mit einem Apfelbaum gesprochen, der ihm Nahrung lieferte und Lebensmut und Weisheit zurückbrachte.

Alles, was der Einsiedel erzählte, erinnerte Herrn Bombelmann an die Geschichten, die er über Wales und König Artus bereits gelesen hatte.

Und er hatte viel über König Artus gelesen, weil er damals bei den Rittern der Tafelrunde zu Gast sein durfte, dabei den gutmütigen und großzügigen König kennengelernt und sich unsterblich in Kristin verliebt hatte. Doch darüber wollte er mit Myrrdin aus unbestimmten Gründen nicht sprechen.

Der ehemalige Barde allerdings erwähnte einmal in einer Geschichte von selbst sogar den edlen Ritter mit dem Bombelhut, der nie mehr zu Kristin zurückkehrte, obwohl sie sich auf ewig in ihn verliebt hatte.

„Was, was ist aus Kristin geworden?“, wollte Herr Bombelmann ganz aufgeregt wissen.

„Sie war noch lange, lange Zeit als Zofe am Hof.

Immer freundlich und zuvorkommend, zog sich aber mehr und mehr in ihren Kummer und ihre Trauer zurück. Eines Tages bat sie mich, ein Lied vom Ritter mit dem Bombelhut zu dichten und es ihr vorzuspielen. Manchmal, wenn sie in ihrem Burgzimmer am Fenster stand, sang ich ihr das Lied. Dabei rannen wieder und wieder dicke Tränen über ihr zartes Gesicht, jedes Mal."

Nachdenklich saß Herr Bombelmann da und spürte ein Gefühl von Einsamkeit, dachte an Kristin und hätte sich so gewünscht, noch einmal bei ihr sein zu können.

Der Nachmittag verging wie im Flug und Herr Bombelmann wollte sich unbedingt noch vor Einbruch der Dunkelheit auf den Rückweg begeben. Es war ein reichliches Stück zurück und im Wald hatte er so seine Erfahrungen gesammelt.

Myrddin, der Barde, erhob sich, als habe er das gespürt, und sang ohne jegliches Instrument mit wundervoller Stimme, wie sie für einen Mann ganz selten war, ein Lied.

Es war das Lied vom Ritter mit dem Bombelhut, das er extra für Kristin gedichtet und bisher nur für sie gesungen hatte. Es war das Lied des ewigen Abschieds.

Und es war so traurig, dass sogar Herrn Bombelmann die Tränen über die runden Wangen rollten

und auf seine Hose tropften. Im Herzen spürte er, dass Kristin sich ebenso hatte fühlen müssen.
Am Ende des wunderschönen Liedes schlossen sich die beiden Männer in die Arme und verabschiedeten sich wie beste Freunde – und so fühlten sie sich auch.

Sie nickten sich noch einmal zu, Herr Bombelmann drehte sich um und ging davon. Nach einem kleinen Stück drehte er sich um und rief fragend: „Warum gehst du nicht in die Stadt zu den anderen Menschen?“
Myrrdin lächelte und antwortete: „Du weißt doch, dass ich mich vor wilden Tieren fürchte. Und unter den Menschen soll es so viele davon geben. So viele ...“

Dabei nickte er traurig, ohne das Winken zu unterbrechen. Es war ihm, als hätte Herr Bombelmann einiges mit dem Ritter mit dem Bombelhut gemeinsam und als würden sie sich schon sehr lange kennen. Wieder erinnerte er sich an Kristin und an König Artus, so, als sei es gestern gewesen. Er erinnerte sich an die Zeit, in der er noch nicht als Einsiedel im Wald wohnte und er fühlte Sehnsucht und Trauer in sich aufsteigen. Klar wurde ihm jetzt auch, dass er seither bis heute mit niemandem mehr gesprochen hatte.
Und obwohl Herr Bombelmann bereits aus dem Wald heraus und schon lange nicht mehr zu sehen war, stand Myrddin noch immer dort, winkte und summte leise sein Lied vor sich hin.
Was aus ihm geworden ist, vermag niemand zu sagen …

Überraschung im Snowdonia Nationalpark

Der letzte Urlaubstag in Wales und noch immer hatte Herr Bombelmann nicht den Snowdon besucht, den höchsten Berg des Landes. Mitten aus dem nach ihm benannten Nationalpark reckte er sich in den Himmel und war umgeben von außergewöhnlich schöner Landschaft. Hier soll, so sagt eine Legende, ein Riese gelebt haben, der Könige tötete, deren Bärte abschnitt und sich daraus einen Mantel fertigte. Es wird erzählt, König Artus hätte ihn vor vielen, vielen Jahren im Kampf besiegt, worauf der Riese fiel und zu Stein wurde.

Eigentlich glaubte Herr Bombelmann nicht an solche Legenden, denn es waren im Regelfall lediglich unheimliche, ausgedachte Geschichten, die

Touristen in das Gebiet locken sollten. Doch in Wales war er sich mittlerweile nicht mehr so sicher und inzwischen auf alles gefasst – schließlich hatte er hier Dinge erlebt, die ihm möglicherweise niemand glauben würde, wenn er sie erzählte.

Als er mit seinem schönen, aber alten und immer sauberen Auto auf den Parkplatz fuhr, standen bereits viele andere Fahrzeuge dort. Somit war wohl klar, dass heute endlich einer der ruhigen Tage sein würde, die er für seinen Urlaub wünschte. Was sollte schon passieren, wenn viele andere Menschen in der Nähe waren?

Der Berg, der vor Herrn Bombelmann lag, wurde in einigen Prospekten als unbesteigbar bezeichnet. Angeblich würde es niemand schaffen können, den Gipfel zu erreichen. Das forderte die Besucher des Parks natürlich schon fast dazu auf, Bergtouren dorthin zu unternehmen – was auch gelang – und somit versiegte der ausgedachte Mythos der Unbezwingbarkeit schnell. Dennoch wollte jeder dabei gewesen sein, wenn es galt, diesen Berg zu besiegen.

In diesen Prospekten war sogar die Rede davon, dass an manchen Tagen im Jahr auf dem Bergkamm Steine liegen würden, die messerscharf nach oben ragten und in besonders schlimmen Fällen die Sohlen von Schuhen wie Papier durchschnitten, wenn man darüber lief. Weil niemand genau wusste, an welchen Tagen das war, durfte man den Snowdon niemals mit Turnschuhen besteigen. Darauf achteten wichtige Aufseher des Nationalparks, die eigens für diese Aufgabe dort arbeiteten. Bestimmt gehörte das auch zu den Dingen, die neugierig machen und Besucher anlocken sollten.

„Halt!", rief ein Aufseher einem Mann zu, „kommen Sie mal her!"

Der Mann sah sich um: „Wer? Ich?"

„Ja, Sie, wer denn sonst? Schiele ich etwa neuerdings?"

Der Mann schüttelte den Kopf und kam herüber. „Sie tragen dünne Turnschuhe, mit denen ich Sie nicht über den Berg gehen lassen kann. Stellen Sie sich vor, ausgerechnet heute ist der Tag, an dem der versteinerte Riese seine Klingen mit Wucht nach oben stößt – Ihre Füße sind ab! Wollen Sie das riskieren?"

Der Mann grinste: „Ein versteinerter Riese stößt seine Klingen nach oben, ja?"

Der Aufseher wurde noch ernster als er ohnehin schon war: „Guter Mann, Sie können gerne am

Fuße des Berges spazieren gehen, gewandert wird darauf nicht! Es sei denn, Sie tragen feste Wanderschuhe. Damit können Sie dann gehen wohin Sie wollen. Haben Sie mich verstanden?“

Der Mann grinste noch immer und nickte: „Ja, ich habe Sie verstanden.“

Ohne einen Ton, allerdings auch ohne sich andere Schuhe angezogen zu haben, verließ der Mann den Parkplatz und schritt in Richtung Snowdon. Herr Bombelmann trug sowieso zu jeder entsprechenden Gelegenheit das richtige Schuhwerk, denn er wollte bestens vorbereitet und geschützt sein. Zum Bergwandern gehörten nun einmal richtige Wanderschuhe, egal ob die Steine messerscharf waren oder nicht.

Ein gut begehbarer Weg zog sich ziemlich weit nach oben und keiner würde hier beim Aufstieg einen Gedanken an spitze und scharfe Steine verschwendet haben. Irgendwann aber hörte dieser Weg auf und von nun an musste selbst der erfahrendste Wanderer jeden Schritt sorgsam setzen.

Tausende von kleinen, glatten Schieferplatten lagen lose auf

dem Boden und verrutschten und verschoben sich schon bei der kleinsten Berührung. Wer hier nicht aufpasste, der würde böse stürzen, unkontrollierbar den Hang hinunterpurzeln und sich am ganzen Körper kleine und große Schnitte zuziehen. Bei Regen war es wohl nahezu unmöglich, hier herauf- oder herabzusteigen, denn dann hatten selbst die Vorsichtigsten keinen Halt.
Ganz oben auf dem Gipfel lagen diese Schieferplatten nicht mehr lose herum, sie standen fest und nahezu senkrecht, zeigten mit ihren scharfen und spitzen Kanten nach oben und wirkten wie Klingen. Daher kamen vielleicht die Legenden, dachte Herr Bombelmann.
Die fantastische Aussicht von hier war also nur stehend zu genießen und auch zu einer gemütlichen Stärkung vor dem Abstieg lud das nicht gerade ein, denn sich zu setzen war unmöglich. Wer würde sich freiwillig in den Po schneiden lassen wollen?
Eine Gruppe Touristen stand plappernd hier oben, genoss die tolle Aussicht und schoss einige Fotos.
Herr Bombelmann stockte: „Herr Findeweg?“
Ein Mann drehte sich um: „Ja?“
Es war ohne Zweifel Herr Findeweg, der mit John Letterbox in der Höhle verschwunden war.
Herr Bombelmann ging auf ihn zu: „Herr Findeweg! Sie leben!“

Verstört und verwundert entgegnete dieser: „Natürlich lebe ich. Könnte ich sonst hier stehen? Wer sind Sie?“ 
„Ich bin Herr Bombelmann. Herr Findeweg, erinnern Sie sich nicht? Wir haben zusammen eine Höhlenwanderung unternommen!“
Herr Findeweg schüttelte erstaunt den Kopf: „Höhlenwanderung? Ich? Da müssen Sie sich irren!“
„Aber Herr Findeweg, Sie wohnten im Hotel von John Letterbox. Wir waren mit Frau Motzkuss, Ignaz, Herrn Kappes und Herrn Zeiger unterwegs. Plötzlich sind Sie verschwunden und wir haben Sie überall gesucht. Sogar John Letterbox war plötzlich weg.“
„Nein, die Namen habe ich noch nie gehört. Davon kenne ich niemanden. Sie müssen mich verwechseln.“
Herr Bombelmann dachte nach: „Haben Sie vielleicht irgendeinen Tag in Ihrem Leben vermisst? Dachten Sie eventuell neulich, es sei Dienstag und nicht Mittwoch? So zumindest ging es Herrn Letterbox nach diesem Erlebnis.“ 
Herr Findeweg zuckte: „Moment mal. Ja, da war was. Ich

habe mich darüber sehr gewundert, dachte aber, ich hätte wegen der anstrengenden Fahrt so lange geschlafen. Als ich aufwachte, stand ich mit meinem Auto auf dem Parkplatz einer gut befahrenen Straße und habe mir das nächstbeste Hotel gesucht."

„Wir waren zusammen in einer Höhle unterwegs", begann Herr Bombelmann zu erzählen, „irgendwie sind Sie vom eigentlichen Weg abgewichen, in einen der vielen Gänge gelaufen und verschwunden. In dieser Höhle trieb ein Höhlengeist sein Unwesen und …"

In diesem Moment begann es dumpf zu grollen und zu donnern, genau so, wie es Herr Bombelmann aus der Höhle kannte. Die Menschen auf dem Snowdon sahen sich erschrocken um, zu sehen war jedoch nirgends etwas.

Die Geräusche aber wurden lauter und drohender und man hätte sich einbilden können, dass sie Worte formten. Und diese Worte wurden immer deutlicher: „Schweig und sprich nicht weiter, sonst werde ich euch alle holen! Alle! Und das bald!"

Es war die Stimme des Höhlengeistes, das erkannte Herr Bombelmann genau.

Die ersten Wanderer suchten schleunigst den Weg nach unten, Herr Findeweg aber blieb wie ange-

wurzelt stehen und sagte: „Diese Stimme! Ich glaube, ich kenne diese Stimme! Warten Sie. Da war – nein, ich erinnere mich nicht."
Herr Bombelmann wollte wissen: „Soll ich weitererzählen?"
Doch die wenigen Dagebliebenen schrien auf: „Nein, um Himmels Willen! Halten Sie Ihren Mund! Wir wollen von hier wieder wegkommen!"
Schon drehten sie sich um und versuchten, in höchstmöglichem Tempo den Berg hinabzusteigen.
„Herr Bom-bel-mann?", fragte Herr Findeweg zwar laut, doch mehr in sich hinein, „Herr Bom-bel-mann? Nein, nie gehört. John Letterbox. Nein, auch nicht. Kenne ich nicht."
„Er war der beste Höhlenführer von Wales", antwortete Herr Bombelmann, „aber irgendetwas ist in der Höhle passiert. Seitdem macht er keine Führungen mehr und weiß von nichts. Herr Findeweg, wir können in mein Hotel fahren, Ignaz ist noch da. Alle anderen sind abgereist, außer John Letterbox natürlich. Vielleicht kommen einige Erinnerungen wieder?"
Heftiger Sturm kam auf, blies in unglaublicher Stärke und drückte die beiden Männer drohend nah in Richtung Abgrund. Innerhalb weniger Augenblicke verwandelte sich die angenehme Temperatur in eisige Kälte, Wolken rollten dunkel

und schwer vom Horizont heran und kündigten heftigen Regen an.

Herr Bombelmann deutete zum Himmel: „Wir sollten machen, dass wir wegkommen! Wenn die Platten vor uns nass sind, ist es zu spät."

Schon drehten sich die beiden Männer um, setzten behutsam einen Fuß vor den anderen und begannen vorsichtig mit dem Abstieg. Kleine Steine, die vom Wind aufgewirbelt wurden, fegten um sie herum und trafen sie schmerzhaft an allen möglichen Stellen des Körpers.

Mit einigem Glück erreichten die beiden endlich den schmalen Pfad und konnten an Tempo zulegen. In diesem Moment schien sich der verdunkelte, fast

schwarze Himmel wie eine gewaltige Schleuse zu öffnen, schickte unglaubliche Wassermassen zur Erde und man konnte meinen, die Männer sollten ertränkt werden.
In Sekundenschnelle waren Herr Findeweg und Herr Bombelmann durchnässt bis auf die Haut, Geröllmassen fluteten um ihre Beine und versuchten sie von den Füßen zu holen.
Aber irgendwie schafften es die beiden, unversehrt am Parkplatz anzukommen. Dieser stand bereits etwa knöchelhoch unter Wasser.
Herr Bombelmann rief: „Fahren Sie hinter mir her!" und rannte zu seinem Auto. Dass Herr Findeweg nickte, wartete er gar nicht mehr ab.
Eine gute Stunde später waren sie bei strahlendem Sonnenschein im Hotel von John Letterbox angekommen. Ignaz, der gerade an der Rezeption stand und zu einer Shopping-Tour aufbrechen wollte, staunte nicht schlecht: „Herr Findeweg! Sie? Wie sehen Sie denn aus? Sind Sie in Ihrer vollen Kleidung zum Tauchen gewesen? Sie auch, Herr Bombelmann?"
Er rannte auf die beiden zu und umarmte sie. Es war ihm egal, ob er nun ähnlich nass war oder nicht.
John Letterbox, der hinter dem Tresen stand, wollte wissen: „Das ist Herr Findeweg, nach dem Sie

mich alle gefragt haben? Der Mann, der in der Höhle verschwand?“

„Ja“, antwortete Herr Bombelmann glücklich, „das ist Herr Findeweg. Er ist wieder da!“

John forderte auf: „Ziehen Sie sich erst einmal trockene Sachen an, Herr Findeweg, ich gebe Ihnen was.“

Ohne eine Antwort abzuwarten drehte er sich um, kehrte kurz darauf mit einem Stapel Kleidung auf seinem Arm zurück und sagte: „Ziehen Sie das über, damit Sie sich nicht erkälten.“

Herr Findeweg bedankte sich und verschwand um die Ecke. Kurz darauf kam er frisch und trocken eingekleidet wieder zurück und setzte sich. Auch wenn ihm die Sachen nicht passten, er wollte lieber Kleidung tragen, die zwei Nummern zu groß war als nass herumsitzen zu müssen.

Während John Letterbox Tee für die drei Männer und sich eingoss, forderte Ignaz Herrn Findeweg auf: „Erzählen Sie uns doch bitte, wie Sie die letzten paar Tage verbracht haben seit Sie von hier fort sind.“

Herr Findeweg erwiderte mit einem Lächeln: „Ich kann mich nicht erinnern, jemals hier gewesen zu sein. Ich glaube, es wird Sie nicht wirklich interessieren wie ich die letzten paar Tage verbracht habe. Es war ein ganz normaler Urlaub in Wales.“

Herr Bombelmann hakte ein: „Was bedeutet ‚Ein ganz normaler Urlaub in Wales'?"
„Na ja, tolle Wanderungen, Schlösser und Burgen besichtigen, am Meer gewesen sein und Leute kennengelernt haben. Eine schöne Zeit, in der ich mich gut erholt habe."
„Und das geht?", fragte Herr Bombelmann, ohne eine Antwort haben zu wollen. „Das hätte ich mir auch gewünscht."
Ignaz wandte sich Herrn Findeweg zu: „Können Sie sich nicht an die Höhlenwanderung erinnern?"
„Nein, nicht an die Höhlenwanderung und nicht an die Menschen, die dabei gewesen sein sollen. Kann mir jemand sagen, was geschehen ist?"
Und so erzählten Ignaz und Herr Bombelmann aufgeregt von der geführten Höhlenwanderung, dass Herr Findeweg und John Letterbox plötzlich verschwunden waren, welches Erlebnis Herr Bombelmann mit dem Höhlengeist hatte und dass es nur dem Glück zu verdanken war, dass er entkommen konnte.
So sehr sich die Männer auch bemühten, die Vorkommnisse bei der Höhlenwanderung immer und immer wieder bis ins Kleinste aufzurollen, die Erinnerung kam weder bei John Letterbox noch bei Herrn Findeweg zurück. Mit der Zeit entspannte sich die Atmosphäre und es wurde ein

angenehm gemütlicher Abend mit viel Lachen und Freude. Kurz vor Mitternacht löste sich die Gesprächsrunde auf und die Männer gingen zu Bett.

Nach dem Frühstück am nächsten Morgen packte Herr Bombelmann den Superspezialfaltkoffer und verabschiedete sich von den anderen, denn sein Urlaub war nun zu Ende.

Als er das schöne, aber alte und immer saubere Auto startete und die Heimreise antrat, wusste er, dass es ein langer Weg zurück nach Poppelsdorf sein würde – und er hoffte zutiefst, Wales an diesem Tag ohne weitere unheimliche Begegnungen verlassen zu können …